妄愛ショコラホリック

川琴ゆい華

白泉社花丸文庫

妄愛ショコラホリック　もくじ

イラスト／北上《きたかみ》れん

妄愛ショコラホリック

佐倉頼朋《さくらよりとも》と変態ストーカーのバトルは、バレンタインデーのこの日に始まった。

濃く鮮やかに澄みきった青空の下、枯れ葉色の芝生《しばふ》を空っ風が吹き抜ける。

高校受験が終わって卒業式を待つばかりの頼朋が、はしゃいだ気分で友人たちと下校途中、運動公園に入ったところで冗談みたいな展開が待っていた。

「これ、受け取ってください！」

目の前に立つのは同じ中学の制服を着た男子。ネクタイが緑色だから学年は二つ下、一年ということになる。

まるで校長から卒業証書授与された瞬間のようなポーズで『受け取ってくれ』と訴えているのは、縦横十センチくらいの箱だ。そのダークブラウンの箱にはよれよれの赤いサテンのリボンが掛かっている。風にはためく、やけに張りのないリボン。おそらく何かの使い古しをリユースしたか、何度も結び直したかのどっちかだ。

今日が二月十四日でなければ、『その箱の中身はなんだ？』とまず首を傾げたに違いない。頼朋はマドラスチェックのマフラーに口元まで埋《うず》もれながら、これはなんかの罰ゲームもしくは嫌がらせなのかと、珍事の対処についてしばし迷った。

「……う、受け取ってください……！」

心なしか震えている両手で、なおも突き出された。これはさすがに演技とは思えない。

――もうすぐ卒業式だからって、玉砕上等の告白？

しかし、バレンタインのどさくさに紛れ込もうとしたなら浅慮すぎる。

頼朋の背後には、同じく唖然《あぜん》としている男友達が三人いるのだ。頼朋がひとりになるタイミングすら計れなかったのか、見世物になる覚悟もあるらしい。

「誰かと間違ってる……わけないよな」

「より、さ、佐倉先輩に……」

今こいつ、最初に『頼朋』と下の名前を言いそうになったんじゃないか？

拒絶メーターがブンッ、と一瞬右に振れた。

知らないやつに密《ひそ》かに下の名前で呼ばれているなら、あんまりいい気がしない。

頼朋のうしろで様子を窺《うかが》っていた友達のひとりが、「うわぁ、本物のホモ初めて見た」と声を上げた。頼朋も同意見だ。

「作ったんです。受け取ってください」

まさかの手作りに、ギャラリーも興奮した。一年男子は俯《うつむ》いたまま、チョコレートが入っているらしい箱をなおも頼朋の胸元に押しつけてくる。だからその強固な勢いに負けて、思わず受け取ってしまった。

「好きです」

そこでようやく一年男子が顔を上げた。

「佐倉先輩、ずっと好きでした。卒業してもずっと好きです……！」

予想以上の直球に、背後のギャラリーが本日最高の盛り上がりを見せた。

まっすぐに見つめてくる一年男子にオドオドとしたそぶりはまったくなかった。むしろ怯《ひる》んだのは頼朋のほうだ。相手の天然パーマや黒縁メガネ、胸元の『由利《ゆり》』というネームプレートを見るともなしに見てしまう。

「もしかして冗談とか罰ゲームなんて思ってませんか？　違います、本気です、好きです」

「わ、わかっ、分かった、分かったから……」

単純にキモイ。同性から告白されるというだけでも異常事態なのに、外野はわいわいとはやし立て、「わお～付き合っちゃえよー」などと面白がっている。

「よ、さ、佐倉先輩、桃味が好きですよね」

「えっ？」

桃はまぁ好きだが公言しているわけじゃない。そう断定された根拠が謎だ。

頼朋が困惑しつつ首を捻《ひね》ると、一年男子は「それ、いちおう桃味なんです」と箱の中身についてアピールし、またじっと頼朋を凝視した。この男は周囲が見えていないのか。

「……ここで食えって言ってんの？」

一年男子はこくんとひとつ頷《うなず》いた。その眸《ひとみ》は「目の前で食べた感想が欲しい」と甚だしく顕示している。

「純情を酌《く》んで食ってやれよ、ヨリ」

「L・O・V・E、佐倉せんぱ〜い」

「うるせーって」

一見すると控えめな物腰なのに一歩も引かない相手を前に、背中からやいのやいのと唆《そそのか》され、どうにも逃げ場がない。じつに不本意ながら赤いリボンを解《と》いた頼朋は、直後「うわぁ」と奇声を発して半身うしろに仰《の》け反《ぞ》った。

「なんじゃこれ!」

チョコレートだと言われなければそれとは分からない物体が四つ入っている。しかも甘いような焦げたような、複雑かつ強烈な異臭を放っていた。

「トリュフチョコレートです」

「トリュフ?　これがトリュフ!」

丸くすればトリュフとかいう……ていうか、もはや丸くもねーし!

嬉々《きき》として自信満々にチョコレートの種類を主張され、その屈託ない厚かましさにも驚《きょう》愕《がく》した。頼朋の中で再び、罰ゲーム・嫌がらせ説が浮上する。

誰かに恨みを買った覚えはないが、モテすぎるのを妬まれて……ならあり得なくもなかった。

頼朋は幼少期からモテた記憶しかない。現在中学三年だがファン層も広いため、近所のスーパーで売られているバレンタインチョコをはじめ、デパートでしか手に入らない海外の高級ブランドのもの、有名ショコラティエのものと数多く食してきた。手作りだって初めてじゃないが、素人《しろうと》が作るとこんなクオリティなんだろうか？

「罰ゲームかなんかだったら、ぶっ飛ばすからな」

そう言いつつも頼朋はそのひとつを口に入れた。食べなければ終わらないと思ったのだ。

しかしやはり、口に入れていいものではなかった。炭化したチョコレートにどろどろの桃は、吐き気を我慢するので精いっぱい。

「お前っ、なんだこれっ、殺す気か……！　どんな嫌がらせだっ」

「あ、わ、違いますっ、嫌がらせじゃないです！」

一年男子は必死の形相で今にもしがみつきそうだ。気圧《けお》された頼朋がすり足で数歩後ずさったところ、がっしりと両腕を摑《つか》まれた。「ひっ」と叫びそうになる。

「好きなんですっ、本当ですっ、だから嫌がらせじゃないです！」

とにかくもう、その瞬間は恐怖でしかなかった。口の中の炭化チョコはねとねとするし、血走った眼で極限まで詰め寄られ、ついに我慢の限界がきた。

「お前キモイッ！　それに、本気ならもっとマシなチョコ作ってこい！」

ゴッ!!

骨がぶつかる鈍い音とともに、目の前で火花が散る。

頼朋からの強烈なヘッドバットを食らった一年男子は一発KO。白目を剝《む》いて枯れた芝生に沈んだのだった。

三軒茶屋《さんげんぢゃや》駅北口から三号線を右に曲がって徒歩三分、白漆喰《しろしっくい》とナチュラルウッドの外壁にさくらんぼ色のオーニングが目を惹《ひ》くカフェ『Cherry Red《チェリーレッド》』。

ワッフルやスコーンなどの焼き菓子の他《ほか》、パンケーキやフレンチトースト、ガレットといった軽食も人気で、休日になると店の外にちょっとした行列ができたりする。

カフェメニューもさることながら、女子のお目当ては、キッチンに立つふたりの男子――カフェオーナーである佐倉頼朋と、スタッフの柊木建斗《ひいらぎけんと》だ。

ふたりは幼稚園からずっと一緒という幼なじみで、頼朋は『ふわりと零《こぼ》す笑顔に蕩《とろ》かされる』と評判で、建斗は『キッチンでは寡黙だけど最後に見せる笑顔に惚《ほ》れてしまう』と言われる隠れ美男である。

「ありがとうございました」

頼朋がレジ前で釣り銭を手渡しながら女の子四人組に挨拶すると、それまでキッチンで黙々とワッフルを焼いていた建斗も、「ありがとうございました」と控えめな微笑で送り出した。ドアベルのカランコロン、という心地《ここち》よい音色が女の子たちの「きゃあ」とはしゃぐ声に一瞬搔《か》き消される。

頼朋はテーブルを片付けて、オープンキッチンへ入った。

「お前はズルいよ。無表情でずぅーっとキッチンに立っておいて、最後にスマイル～とかさ。そりゃあ、そっちが印象に残るっての」

頼朋のぼやきに建斗は笑みを浮かべながら、ワッフルをプレートに盛りつけている。さとうきび百パーセントのブラウンシュガーがカリッと香ばしい、と評判のやつだ。

「キングオブ三茶美男がサービス＆セールストークでスマイル振りまいてんだ。基本的にキッチンにいて接客しない俺は他にアピールする場面がない」

「三茶美男……」

三軒茶屋駅を跨《また》いだ一帯の商店街主催『三茶美男コンテスト』で圧勝してから、頼朋は表を歩くたびに『三茶美男』と呼ばれて少々恥ずかしい思いをしている。

頼朋が渋い顔をすると、建斗は焼きたてのベルギーワッフルにバニラアイスを添えつつ、ニヒルに笑った。

どこか飄々《ひょうひょう》としている建斗に対し、頼朋は来る者拒まず、明朗なオーラが漂っていて人受けがいい。だからモテるんじゃないかと臆断されるが、遠巻きにされるばかりで案外お声はかからない。彼女がいると勝手に決めつけられたり、頼朋自身が積極的にならず進展しないで終わるからだ。

建斗も頼朋同様に「男友達と遊んでるほうが楽しい」らしく、それをばか正直に話してしまうので、すぐに振られる。

しかしもう三十路《みそじ》のほうが近い二十七歳。彼女より居心地《いごこち》のいい男友達があまりにも近くにいて、寂しくないのがいちばんいけない、と分かっているものの、仕事仲間でもあるのでいかんともしがたい問題だ。

そんなふたりがいるカフェ『チェリーレッド』の真向かいに近日、ショコラトリーがオープンする。なんでもそのショコラティエはフランスとベルギーで修業を積み、チョコレートの創作世界選手権で世界一になって帰国する男、とのことだ。

「そこ、来週いよいよオープンみたいだな」

建斗がちらりとそのショコラトリーに目をやった。

チョコレート色の外壁がシックな店構えに、鍛鉄製の飾りがついた『Lily《リリ》 Yarn《ヤーン》』の真新しい看板が掛かり、着々とオープン準備が進んでいる。

頼朋もそちらを見やり、小首を傾げた。

「しかし、なんで三茶なんだろうな。ここって表通りから入ったところだし、ああいうやつはほら、銀座《ぎんざ》にキラキラの路面店なんか出しちゃったりするもんじゃないの?」

「何かこだわりでもあるんだろ。あれ、貸店舗だったのを買い上げたらしい。そのオーナー兼ショコラティエは俺らより二つ年下だって」

「お前やけに詳しいな」

「誰かさんがいつもの胃痛で欠席してた会合で聞いた」

三茶商店街会合という名の、情報交換を兼ねた飲み会だ。昔からあるレトロな商店や個性的でモダンなカフェが軒を連ねる三軒茶屋。長年この町で商売をしている古参も新参者も、みんなで三茶を盛り上げようという趣旨なので、コミュニティーの間口は広い。

三軒茶屋は子供の頃から慣れ親しんだ大好きな町。このカフェはもともと祖父が経営する古い喫茶店だった。祖父は頼朋が高校二年のときに亡くなり、大学を卒業した五年前、カフェ『チェリーレッド』と店名も変え、こうして再出発したのだ。

しかし、そのショコラティエにとっては新しい土地で、きっと戸惑いも多いだろう。

「まぁ、あっちに来たお客様にはこっちにも寄っていただければ良しってことで」

ショコラトリーは飲食店じゃないから、直接的に競合しない。狭い商店街で、持ちつ持たれつだ。三茶を守り立てる一葉となるべく、互いに尊重し合えるような経営者ならいい。

そんな頼朋の温《ぬる》い気持ちをぶっ飛ばす男がやってくるとは、このときはまったく予想もしていなかった。


二十時を過ぎて外のイーゼル看板をしまったすぐあとに男が現れたとき、カフェ内に甘くて爽やかな春風が吹いた気がした。

「遅くなりましたが、ご挨拶にまいりました。向かいにオープンしますショコラトリー『リリアン』の由利と申します。店舗の改装工事中はお騒がせしました」

改装に入る前、工事を請け負った業者が挨拶に来てくれたが、本人はそのときまだ海外にいたのだ。

ドアの内側に入ったところで軽く会釈した男が顔を上げると、高貴な者が零すような柔らかな笑みを浮かべていて、頼朋はぽかんと口を半開きにしてしまった。

眦《まなじり》は優しげだけれど意志の強さも感じる眸が印象的だ。すっと整った眉と鼻梁《びりょう》、口は大きめでもけして下品にはならず、むしろトータルで繊細に見える。

一八〇センチはあると思われる長軀《ちょうく》で、ブリティッシュスタイルのクラシカルなスーツをさらりと着こなす二十五歳。頼朋の周囲にはこれまでいなかったタイプだ。

物珍しさで不躾《ぶしつけ》に見とれてしまい、ハッとする。

「あ、すみません、こちらこそご挨拶が遅れました。『チェリーレッド』の佐倉です」

カウンターの内側に置いたままあまり活躍しない名刺を取ったところで、キッチンの片付けをしていた建斗も出てきた。

「片付けでお忙しい時間にすみません」

手前味噌《みそ》で恐縮ですが、と名刺と共に最初に渡されたのは『Ｌｉｌｙ　Ｙａｒｎ』のロゴが入った菓子折りと豪華な木箱に入ったフランス産ワインだ。

礼を言いながら忙《せわ》しなく名刺を交換する。建斗が名刺交換代わりに握手している横で、『由利』の名字からＬｉｌｙを店名にしたのだろうと思い当たり、頼朋は「奇遇ですね」と男に笑いかけた。

「私も佐倉なので店の名前に『チェリー』をつけたんです」

「はい。だから、僕もまねっこしました」

「は？」

どうしてそこで『だから』と言われるのか分からず、目を丸くする。

すると由利高晴はすっと頼朋に歩み寄った。

「先ほどお渡ししたものとは別に、頼朋さんにはこちらを。頼朋さん、これ、桃のチョコレートです」

初対面なのに会って二分で下の名前で呼ぶのが、フランス男クオリティなんだろうか。

「桃……桃のチョコレート……？」

おまけに、深意がまったく不明の特別扱いだ。

いろいろツッコミどころがありすぎて、脳がオーバーフローを起こし、手渡されるままそれを受け取った途端、頭の奥のほうで歯車がガチッと嚙《か》み合うような音がした。

――ダークブラウンの箱に、真っ赤なリボン。

「あ……え？」

目を瞬《しばたた》かせ、今度は男の顔を見た。

高級ブランドを身に纏《まと》って誌面を飾るモデルみたいに秀麗な顔貌だ。

『由利高晴』と印字された名刺と、桃のチョコレートが入った箱に、頼朋はもう一度目線を落とした。

歯車がガリガリと動きだす。

目の前の男はメガネじゃないし、ぐるぐる天パーでもない。しかし、あのメガネの奥に潜んでいた意志の強そうな眸と、今頼朋を見つめる双眸《そうぼう》はぴたりと一致する。

澄んだ青空の下、寒風が通り抜ける公園、箱に掛けられた赤いリボン、そして桃のチョコレート。ヘッドバットで疼《うず》く額を押さえながら振り返ると笑い声を上げる友達の顔——

「け、建斗……あ、こっ、この、……」

中学三年生だった十二年前、『ガチホモ初めて見た』と指をさしたひとりが建斗だ。

意味をなさない声を漏らした頼朋を前に、高晴は鷹揚《おうよう》な笑みを浮かべている。

「もっとマシなチョコ作ってこい、というあなたの言葉を支えに、フランス・ベルギーで七年、勉強してまいりました。あのときお渡ししたものは、本当にひどい桃のチョコレートでしたね。でもこれは最高の自信作なんです。どうか、ご笑味ください」

今頼朋の手のひらにあるのは、あの日複雑怪奇な異臭を放っていたものではなく、開けずとも桃の甘い香りが漂ってくる。

「これからどうぞよろしくお願いいたします」

「……ええ？　あ、いや、こちらこそ……」

高晴につられて、釈然としないまま頼朋も頭を下げた。目が合うともうひとつ微笑《ほほえ》み、高晴は「では、失礼します」と『チェリーレッド』から出ていく。

『リリアン』に戻るうしろ姿を窓ガラス越しに目で追っていると高晴がふいに振り向き、頼朋はびくっと背筋を緊張させた。ガラスを挟み、あちらから再び会釈され、頼朋もぺこりと頭を下げる。

釘付《くぎづ》けだったところから目線を外し、頼朋はようやく建斗に向き直った。

「建斗、なぁ覚えてる？　中三のときのバレンタインにさ……」

「ヨリがヘッドバットで芝生に沈めたやつ」

「随分変わってるけどあいつだよな、間違いないよな。え、何、なんでそれを今また……」

しかもおかしなことを言っていた。

もっとマシなチョコ作ってこい、というあなたの言葉を支えに――支えにと言われたって、応援した覚えはない。

「いやみか？　それとも捨て身のジョーク……」

あの男の意図することがいまいち呑《の》み込めない。

それにしてもなんという不屈の精神。『もっとマシなチョコ作ってこい』がショコラティエを目指すきっかけだったとしても、十二年前の失恋の相手に思い出のチョコを作り直して持ってくるとは。

リボン付きの箱を目の高さまで持ち上げる。

もしかしたら、あの振られ方がどうしようもなく悔しかったのかもしれない。

あの瞬間百年の恋でも冷めただろうに、忘れずに溜飲を下げに来たなら驚きだ。

「……十二年越しの執念……すげーな」

赤いリボンの結び目に、シルバーのユリのチャームがきらりと輝いていた。


妙なことがあったせいか、翌朝はなんだかすっきりしない目覚めだった。

歯磨きしながら商店街の美容室で貰《もら》ったヘアエッセンスを毛先に馴染《なじ》ませる。ミディアムヘアの毛先がパサつくようになり、「年取ったから」と商店街の会合で愚痴を零したところ、頭髪が寂しげなおじさま方からは総攻撃を食らった。

「俺も日々劣化してんだろうな……」

しかし、十代と同じとまではいかなくても、肌はつるんと艶《つや》めいて滑《なめ》らか。深いティーブラウンの虹彩《こうさい》は澄み、男性ながら目元が色っぽくて魅力的と評されることが多い。

疲れが窺える眸に目薬をさし、口を漱《すす》いで時計を見ると、燃えるゴミの収集時間が迫っていたので、バタバタとゴミ出しの準備をした。

ゴミ袋を抱えてスリッポンのかかとを踏みつけ、小走りでエレベーターへ向かう。ボタンを押して下向き矢印がスクロールするのを見上げていたときだった。

背後から「おはようございます」と声をかけられて、挨拶を返しつつ振り向いた直後、頼朋は口を開けたまま瞠目《どうもく》した。

「今日もいい天気ですね、頼朋さん」

緩い襟ぐりのカットソーにゆったりとしたコットンパンツ、部屋着姿であっても雑誌のブランド広告ページから抜け出たみたいだ。由利高晴はその口元にミントの香りがしそうな爽やかな笑みを浮かべている。

「――ここで……何してる……」

「ゴミ出しです」

見れば、高晴の右手にゴミ袋がぶら下がっている。

頼朋は咄嗟《とっさ》に今歩いてきた廊下を振り返った。

このマンションは一階につき三戸という造りで、向かいは親子四人家族の4LDK、隣の2LDKは半年前から空室となっていたはずだ。

「そうでした、昨日大切なことを話しそびれてしまって。時間を見てあとからお宅にご挨拶に伺おうと思ってたんですが、一昨日、頼朋さんの部屋の隣に引っ越してきたんです」

「隣……？」

「はい。日中引っ越し作業や片付けをしたので、頼朋さんは当然お仕事中で」

「あ……そうだったんだ」

店は真向かい、住まいはお隣。つまりあの桃のチョコレートは、過去の出来事は水に流し、これから始まる密なるご近所付き合いの機縁に、との心遣いだったのかもしれない。

執念か、なんて失礼な憶測をしていた頼朋は内心で謝った。

「じゃあ、お隣さんってことで、今後ともよろしくお願いします」

ぺこりと頭を下げると、高晴も「こちらこそ、この辺りのこともいろいろおしえてください」と慎《つつ》ましく答えた。

「店も目の前だし、凄《すご》い偶然だなぁ。たしかにこのマンションだと、店まで徒歩圏内で……」

「偶然じゃないですよ。できるかぎりあなたの近くにいたいからです」

「……はい？」

またまたなんのご冗談を——とはとても返せないほど、高晴は真面目《まじめ》な顔をしている。

少しの沈黙ののち、言われた内容を咀嚼《そしゃく》する間もなく別の問いを振られた。

「桃のチョコレート、食べてくださいましたか？」

「え？　あ、すみません、まだ……」

カフェのカウンター裏に置き忘れて帰ったので申し訳ないが、まだ中身も見ていない。

そうこうしているうちにエレベーターが到着し、ふたりで乗り込む。先に頼朋が入ったので操作パネル側に立ち、高晴がその背後に立った。

なんだかよく分からないが、ものすごい威圧感だ。緊張しつつ、ちらりとうしろを窺えば、高晴はエレベーター内に貼られた『住民の皆様へお知らせ』に目を向けている。

漠然と湧いた警戒心が少し薄れたときだった。

「あれからもう十二年です」

突然話しだした高晴にびくりとしつつ、頼朋は目を瞬かせた。高晴はそんな頼朋に、切なげに微笑む。

「ショコラティエとして名実共に世界一になれば、頼朋さんが気に入ってくれるチョコレートが作れる……だから、フランス・ベルギーでの苦しく孤独な修業にも耐えられた。『もっとマシなチョコ作ってこい！』と、頼朋さんの熱い叱咤激励《しったげきれい》に支えられて……でも待たせるにはちょっと長すぎましたね」

「さ……」

支えていたつもりはないし、第一、待っていない！

あの珍事件のことはすっかり忘れていた、というか、記憶の彼方《かなた》に葬《ほうむ》っていたのだ。

この男の言動は、やっぱり何かおかしい。

「あー……あのさぁ……」

エレベーターが一階に到着し、とにかくそこから出る。

「俺に言われたことがきっかけでショコラティエ目指したってことはまぁ理解できなくもないけど、支えるとか待つとか、なんの話？　順序立てて分かるように、ちゃんと説明してくんない？」

歩きながら険しく問い詰める頼朋とは対照的に、高晴は異様に落ち着いている。

奥様方と挨拶を交わし、ゴミを所定の位置に捨て、戻りのエレベーターを待つ間に高晴が語り始めた。

「十二年前のバレンタインデーに、あなたに告白していったん振られました」

「さっそく話の腰を折って悪いけど……『いったん』って」

「もっとマシなチョコ作ってこいと言われて、その場では身を退《ひ》きました」

また戻ってきてね♥　と勝手に歪曲《わいきょく》して解釈したということか。

いきなり否定したいところだが、ひとまずすべて聞こう。話はそれからだ。

「うん、いやまぁ、それで？」

「どうすれば頼朋さん好みのチョコを作れるようになるか考えた結果、ショコラティエとして勉強の必要があると。だって頼朋さんは幼少期からたくさんの高級ブランドチョコを食べて相当口が肥えている。そんじょそこらのチョコレートじゃ絶対に認めてもらえない。すぐにでも職人になろうと思ったんですが、高校くらい卒業してくれという両親の希望ももっともなので、高校三年間は海外への渡航費用と資金をＦＸで捻出することに専念したんです。そしてついに、高校卒業後に渡仏しました」

なんだその壮大なサクセスストーリー。しかもこれはまだ序章だ。

「七年の時間を費やしてショコラティエとしての技術を鍛錬し、頼朋さんに再会することだけを夢見て、あなたの隣に立っても恥ずかしくないように自分磨きも頑張ったんです。身体《からだ》も鍛えました。日曜大工、裁縫も得意です。いろいろ免許も取得しました。小型船舶免許、小型飛行機、ヘリも乗れます。あと、調理師免許と、ワイン・野菜・塩・温泉……ソムリエ関係はひととおり」

「温泉ソムリエッ？」

「アントキの猪木《いのき》や西村知美《にしむらともみ》も取得している温泉ソムリエ協会認定の資格です」

「……………」

ショコラティエがどうして温泉ソムリエまで究めなければならないのか。

もやもやしたままエレベーターに乗り込む。その直後、頼朋の顔の辺りにぬっと腕が出てきて、頼朋は「わっ」と仰け反った。ふらりと後ずさったところで、そこはもう壁だ。壁と高晴に囲まれて視界が暗くなる。

「好きです……」

いきなりすぎて、唖然と高晴を見上げた。

「ずっと好きでした。離れていた十二年間も、ずっと、あなただけを好きでした」

矢がリンゴを他愛《たわい》なく射抜くように、飾らない愛の言葉が胸にさくっと突き刺さる。十二年前もそうだった。情熱なのか、それを超えた情念というのか。自分が誰に対しても向けたことのない、身に覚えのない感情。頼朋にとって未知のそれは、喜びを感じるものではなくただ恐怖なだけ。しかも高晴は自分と同じ男だ。

狭い箱の中、濃密な空気が息苦しい。ばくばくと胸は早鐘を打ち、首のうしろにざっと鳥肌が立つ。

「何……こっ、こんなとこで何言ってんだ」

エレベーターの扉が開くのと同時に、高晴の横をすり抜けて飛び出した。同じ階で降りた高晴も追ってくる。

「頼朋さん!」

「そもそも名前で呼んでいいなんて言ってない! だいたいお前最初っから俺のことこっそり名前で呼んでたんだろう!」

「好きなんです! 好きだからです!」

下の名前で呼ぶことも、隣に引っ越してきたことも、目の前に店を出した理由も高晴の行動のすべてが『好きだから』の一点張り。

こいつはちょっとヤバい。ちょっと……いや、かなり、だ。

頼朋はぐっと奥歯を噛み、不動の高晴を睨《ね》めつけた。

「勘違いしてもらったら困る。お前後輩、俺先輩。お前チョコ屋、俺カフェ屋。それ以上でも以下でもない! あとこれは重要なことだ、よく聞けよ。『もっとマシなチョコ作ってこい』は『また来てね♥　待ってる♥』って意味じゃない！　フランスかぶれでもお前は日本人だろうが。『おととい来やがれ』のニュアンスが伝わらないのか？」

　息巻く頼朋の前で、高晴は眸をひときわ大きくした。

「おとといって………来られないですよね」

「だから、もう来んなってことだ。つまり俺のも、『どうせならもっとマシなもん作って持ってくればいいのに、もう二度とくんな』が意訳だ」

　きつく言いすぎている自覚はある。

　しかしこんな思い込みの激しいやつに、やんわ～り、ふんわ～り言葉を選んでいたところで、再び驚愕のご都合解釈によって事実をねじ曲げられてしまう。あり得《う》るリスクを極力排除すべきだろうと考えたのだ。

　しかし高晴という男は頼朋の目算を大きく斜めに突き抜けていた。

「もっとマシなもの……いえ、今回は最高の自信作なので、受け取ってくれますよね？」

「あの……ねぇ、ばかなのか？　それともばかなふりしてる？」

　くらっと目眩《めまい》がする。まったく会話が成立しない。

　相手にするのもうんざりだ。面倒くささが先に立ち、高晴にいきなり背を向けた。

「頼朋さん！　これからもずっと、ずっと好きです！」

　とどめのような告白が背中にぶつけられる。あとはもう一目散に部屋へ逃げ帰った。

あれは一分の狂いもなく、正真正銘、純度百パーセントのストーカーだ。

「俺の人生初めてのホモとストーカーを兼ね備えた男が隣……隣って言ったよな」

そっとベランダに続く窓を開けて外に出る。

このベランダのわずか数十センチ先に、つねに高晴がいるということになる。

仕切り板は非常時に蹴破って避難するために設置され、平常時は隣戸からプライバシーを守っている。しかし、上下はすぽんと開いているし、脇からは顔を出すことも可能だ。

覗《のぞ》かれたらどんな感じだろうかと床に伏せ、下の隙間から隣を偵察した次の瞬間、頼朋は「うあゃっ!!」と奇妙な叫び声を上げてそこから飛び退《の》いた。

「わふっ！　わうっ！」

ウウウ……と低く唸《うな》るもふもふしたものが、同じポーズで頼朋を睨《にら》んでいたのだ。

「い、犬っ？」

慌てて脇のほうから様子を窺ったところ、今度はその犬が飛びかかる勢いで立ち上がった。ゴールドの絹のような長い被毛を優雅に風になびかせ、わふ、わうっ、と大型犬らしい重低音の響く吠《ほ》え方《かた》で威嚇してくる。犬種はアフガン・ハウンドだ。

「でかいなお前」

犬は好きだ。犬のみペット可だから、頼朋もこのマンションに決めた。

子供の頃は飼っていたけれど、もう自分で犬は飼わない。仕事で一日中家を空け、きっと寂しい思いをさせるからだ。自分で飼うのは難しいけれど、このマンションの屋上には住人専用のドッグランがあり、犬と触れ合う機会はある。

「お前オス？　メス？」

頼朋が優しく問いかけても一切心を許す気がないのか、アフガン・ハウンドは相変わらず、「わふっ、おうっ」と険しい表情で吠えてくる。

そうこうしているうち「こらヨリトモ！」と隣の部屋から声が響いた。

「ヨリトモ、どうした」

「……はぁ？」

呼び捨てとはどういうことだ、と目くじらを立てたが、すぐに合点した。

「ヨリトモ、ダウン！　静かにしなさい。なんに向かって吠えてるんだ」

「お……まえっ」

「あ、頼朋さんでしたか。すみません、めったに吠えない犬なんですけど」

「犬に俺の名前付けてんのかっ！」

仕切り板にしがみつくようにして声を荒げると、アフガン・ハウンドのヨリトモはツンと顔を背け、しゃなりしゃなりと長い手足を動かして部屋に戻っていく。

「他に名前を思いつかなかったもので」

「いや、いくらでも思いつくだろ、脳みそ腐ってんのか？　顔を赤らめながら言うことかよ」

頼朋の困惑などどこ吹く風、高晴は「そうだ、今からそちらに伺っても」ととんでもない提案をしてくる。

「はあっ、なんでっ？　来なくていいよっ！」

「昨晩カフェでお渡しした挨拶の品とは別に、ご近所に配ったものがありますから」

「いいってば！　いらねえっ」

拒否を上回る強引さで、反論したことを上書きされてしまう。

人の話をまったく聞かない猪突猛進《ちょとつもうしん》男《おとこ》は、あっという間に引っ込むと、数秒後、頼朋の部屋のチャイムを鳴らしだした。

「あのクソ野郎っ、だから人の話聞けよっ！」

朝からこのハイテンション、堪《たま》らない。

ベランダから室内に戻り、どすどすと床を踏みしめてチェーンを掛けたまま玄関ドアを開けた。

隙間から窺うと、高晴は背後にパアッとバラの花でも咲かせたかのような笑顔だ。どっと脱力する。

「俺はいらない、って言ったんだ。お前、耳にシリコンでも詰まってんじゃないのか」

「引っ越しに限らずですが、なんでも初めが肝心なので。どうかお納めください。フランス産のグレープシードオイルとプロバンスハーブ塩……それと、オーガニックジャムの詰め合わせ、紅茶とハーブティー、マカロン、……」

「おい、どんだけ出てくるんだ。ご近所に配ったものと同等なのか、それが」

「頼朋さんは少し依怙贔屓《えこひいき》してます。あとは、SABRE《サーブル》のカトラリーと非売品のオリジナルグッズ、ルーブル美術館のティータオルやティーコージー、FAUCHON《フォション》のルームスプレー、……」

太っ腹な福袋みたいな中身を、ドアの隙間からチラチラ披露される。

ご近所に配ったのはおそらく、包装に熨斗《のし》がついた最初の二つだけだろう。

顔見知りのストーキングはこういう些細《ささい》なプレゼント……例えば、缶コーヒーやちょっとしたお菓子から始まることが多い。コンビニで売られているものがやがて菓子折りになり、断るのもどうかというような貢《みつ》ぎ物《もの》は徐々に高価なものになってくる。こちらが「さすがにこれは……」と受け取りを辞退する頃には手遅れだ。

「今までのプレゼントと引き換えに俺が欲しいのは、お 前 だ よ ぉ ！」と大きな口を開けて頭から呑み込まれてしまう。名付けて『赤ずきんちゃん大作戦』。

しかし、貰わないことには、この面倒なやりとりが終わりそうにない。

「このままでは渡せないので、とにかくここを一度開けていただけませんか？」

「……ご近所さんと同じでいいからな。グレープシードオイルとプロバンスハーブ塩、それだけでけっこうです、どうぞお気遣いなく！」

SABREとルーブル美術館のテーブルウエアは、本当はすっごく欲しいが、ここは我慢だ。

ついにチェーンを外してそっとドアを開けると、選《え》りすぐりの貢ぎ物を頼朋からきっぱりと拒絶された高晴は、眸を揺らし、小さく息をついた。

「このテーブルウエア、頼朋さんきっと凄く好きだと思ったんですが……頼朋さんがいらないというなら……捨てるしかないですね」

「捨てっ……、そんなもったいないこと……捨てなくてもいいだろう！」

まるでこっちが悪人みたいだ。

高晴はぱっと目を輝かせ、じゃあどうぞ、と大入り福袋を差し出してくる。でも簡単に貰うわけにいかない。頼朋は険しい顔つきでなおも首を横に振った。

「頼朋さんが受け取ってくれないなら意味ないです。そろそろゴミ収集車が来るので……」

「てめっ、ズルいんだよ言い方が！」

「……捨ててきます……」

「わ、わかっ、分かったよ、貰う、いただきます！」

ばかだ。まんまと貢ぎ物を受け取ってしまった俺はばかだ——頭の中で防衛本能がなじってくる。

　こいつは変態だ。長年の片想いをひっさげフランスから凱旋帰国し、頼朋のカフェの目の前に店を構え、隣に転居。飼い犬には『ヨリトモ』と名付けている危険人物だ。

「では～これで失礼しまーす」

　下手《へた》をするといつか男同士のストーカー殺人事件で全国ニュースになる。これ以上は関《かか》わるまいと頼朋が閉めようとしたドアに、すかさず高晴が足先をねじ込んできた。

「おいっ！」

「頼朋さん、革靴じゃないので痛いですっ」

「知るかよ！　つま先に鋼板《こうはん》入りの安全靴を履いてなかったお前の落ち度だ！」

「そんなものがあるんですね、今度買います」

「買うな！　ってか、来んな！」

　口論している間に利き足を底の硬い靴に替え、思いきり高晴の足先をかかとでゲシゲシと踏みつけてやった。

　ようやく閉まったドアの前で「危なかった……」と息をつき、上がりかまちに座り込む。

　しかしうかうかしていられない。ダッシュでベランダ側の窓を閉めて施錠《せじょう》する。覗かれるかもしれないからカーテンも引く。朝だというのにうっすら暗くなったリビングを眺め、もう一度カーテンだけ開けた。

「なんであいつのせいで、清々《すがすが》しい朝を暗い部屋で過ごさなきゃならないんだ」

ふんっ、と鼻を鳴らし、じっと目をこらす。ベランダに設置された仕切り板の隙間を観察する間、頼朋はカーテンをぎゅっと握りしめていた。

「怖い！　あいつ超怖いよ！」

今朝起こった高晴に関する一連の出来事を建斗に報告すると、他人事《ひとごと》だからかのんきな声で「へぇ～凄いね」と薄情な反応だった。

しかも、『チェリーレッド』へ来る際も一悶着《ひともんちゃく》あったのだ。頼朋が下りのエレベーターを待っていると案の定、高晴も出てきた。仕方なく乗り合わせたエレベーター内で……

「……匂い嗅がれそうになったってだけだろ」

「だけだろって……お前、俺の匂いとか嗅ぎたい衝動に駆られることある？」

「ねーよ」

「だろ？　それがあいつはスルッと背後に立って、俺が恐る恐る振り返るとぱっと顔背けて、横顔がニヤァ～って総崩れしてさ……わぁっ、背中ぞくぞくするっ！」

今も背後にいるような気がして、ばりばりと背中を掻いていたら、建斗からとんでもない言葉を浴びせられた。

「そうか……そりゃあちんこ勃《た》ってただろうな」

「は？　……誰が？」

「高晴だよ、由利高晴。『大好きな頼朋さんのスメル～』っつってちんこ勃たないわけないだろ」

「……怖いこと言うなよ……お前なんなのっ」

「足かけ十二年だろ？　告白する前も換算すればヨリが思ってるよりもっと長い片想いだろうな。どんだけの気持ち抱えて帰国したか考えてみろよ。百二十パーセントで口説《くど》きにかかってくるに決まってるだろ。自分が男だからって油断してると……」

　建斗は焼き上がったフィナンシェをパクッとひと口で食べ、頼朋に向かって「美味」と邪悪に微笑んだ。


　ランチタイムになれば『チェリーレッド』も食事系のオーダーが増える。茄子《なす》とモッツアレラのラザニアパンケーキ、チキンとトマトとアボカドのフレンチトーストなど意外とボリュームがあるので、サラリーマンにも好評だ。

　ドアベルが軽やかに鳴り、頼朋が顔を上げるとそこに立っていたのは高晴だった。

　他の客の手前、大声こそ出さなかったものの、頼朋は思いっきり「うげっ」と眉を顰《ひそ》めた。

　店にまで何しに来た⁉　と警戒する頼朋に、高晴は「表のイーゼルにあるランチをいただけますか」と綽々《しゃくしゃく》として動じない。

建斗の余計な邪推も頭の隅にこびりついているが、「今は仕事中、平常心」と胸の内で唱える。

高晴はカウンターのいちばん手前のスツールに腰掛けた。

この男は黙っていても存在感が半端ない。視界に入るだけで顰蹙《ひんしゅく》ものなのだが、それを意にも介さず、首をめいっぱい伸ばして頼朋の仕事ぶりを観察しようと覗き込んでくる。

ムカつく。気が散る。鬱陶しい。

相手にすれば調子にのるだけだ。頼朋は顔も上げず、高晴がオーダーしたエビとチキンとグリュイエールチーズのガレットを黙々と作り、出来上がったそれを事務的に供した。

熱視線はガン無視で。

忍耐を総動員して仕上げた完璧な一皿を目の前にして、高晴は「頼朋さんの手料理……」とキモ顔で呟《つぶや》き、感動も露《あら》わにまずスマホに収めた。とめる間もない早業に、頼朋は表情を険しくする。お前はブロガーか、それを記録してなんになるのか。

それから高晴は凛《りん》とした姿勢でフォークとナイフを嫋《たお》やかに扱い、ガレットを優雅に口に運ぶ。咀嚼したその相貌が、直後感動したように輝き、さらに数秒後、嚥下《えんか》してため息をついた。

「とてもおいしいです。蕎麦粉《そばこ》の香り高い生地はもっちり、端のほうはパリッとしてる。

エビとチキンとの相性も抜群です。こんなにおいしいと、メニューに並ぶパンケーキ、フレンチトースト、どれも興味をそそられますね」

提供したものを気に入られることは素直に嬉《うれ》しい。にこにこと食事に集中しだした高晴に、険しかった頼朋の眉筋が知らず緩む。

それから付け合わせまで綺麗《きれい》に平らげると、高晴は「ごちそうさまでした」と手を合わせた。

「テーブルや飾り棚……柱も、アンティークで素敵です。このカウンターのつややかな飴《あめ》色《いろ》、いいですよね。大事にされているのが分かります」

高晴がしみじみと口にし、店まで褒められては無視できず、頼朋はちょこんと頭を下げた。

「内装のほとんどは祖父がやってた喫茶店当時のまま、カフェの外にあるブランコも祖父の手作りだし。世の中にはアンティーク風に加工したものが溢《あふ》れてるけど、ここにあるものはちゃんと当時の空気吸ってるからな」

アンティーク独特の空気感や佇《たたず》まいというのは、昨日今日作られたものには出せない重みと深みがあるのだ。

ほんのり気分良く、淹《い》れたてのコーヒーを出す。

高晴はコーヒーの香りを嗅ぎ、静かに啜《すす》ると目を細めた。

「絶妙な中深煎りのブレンドですね。この甘味とコク……ベースはブラジルですか?」

「あとマンデリンとエチオピアもミックスしてる」

「自家焙煎《ばいせん》?」

「そう、季節ごとにブレンド変えて。今日の水出しアイスコーヒーはグアテマラとコロンビアのイタリアンロースト」

「ケメックスのコーヒーメーカーをご愛用ですか。僕も自宅で淹れるときはケメックスです。この漏斗《ろうと》と三角フラスコを組み合わせた実験器具みたいな形といい、革紐が巻かれた木製のハンドル部分といい、男心を擽《くすぐ》りますよね」

「だよな! このケメックスの無駄のないフォルムとか、もう堪んない。ネルもサイフォンもフレンチプレスもいいけど、やっぱ紙で淹れるのが好きでさ。蒸らしのあと抽出されたコーヒーがカップに落ちていって、ペーパーの壁に沿ってコーヒー豆が砦《とりで》つくってくだろ、あれが……」

興奮気味にひとしきり盛り上がり、高晴から微笑ましげな目で見つめられてはっとする。コーヒーの話になると夢中になり、相手の反応いかんに関係なくつい饒舌《じょうぜつ》に語ってしまうのだ。

「そっちも、けっこう詳しそうだな」

「頼朋さんが好きだって知ると、どういうところが好きなんだろうって興味が湧いて、いつの間にか僕も好きになってるんです」

「……最近までフランスにいたんだよな？　その情報源はどこ……お前……まさか汚い手使って盗聴器なんて仕掛けてないだろうな」

「警察のお世話になることはしませんよ」

高晴は柔和な笑みを崩さないものの、「お会計を」と明らかに逃げ腰だ。

「おいこら、ごまかすなっ」

カウンター越しの小競《こぜ》り合《あ》いの最中、頼朋にとって高晴とは別の厄介《やっかい》な客が現れた。

「頼朋、久しぶり！」

明るく挨拶し、我妻季生《わがつまときお》は仕立てのいいスーツの上着を脱ぐと、カウンターの真ん中のスツールに腰掛ける。高晴への追及は中断するしかなく、我妻には口元に笑みを浮かべるだけで応《こた》えた。

我妻は大学時代から頼朋に想いを寄せている男だ。

これまでに何度か告白され、そのたびに無理だとお断りしてきた。高晴ほど強引ではないけれど、振られてもこうしてときどき『今でもまだ好きだよ』とアピールを兼ねてやってくる。そしてしばらく熱心に口説かれるのだ。

また我妻が諦めるまでの我慢大会が始まるのかと思うと、正直やれやれという気分だ。

我妻も相当忍耐強いのか、頼朋への片想い歴は五年以上。その間いくつか新しい出会いもあったようだが、頼朋をきっぱり忘れられる恋には至らなかったらしい。

「頼朋のガレットコンプレットが食べたくなってさ」

ちなみに『コンプレット』はチーズ、ハム、玉子が入ったガレットの定番だ。

「今日は腹ぺこだから前菜とバケットも」

オーダーの途中で妙な視線に気付いた我妻が、スツール二つ空けた先、右端の高晴を一《いち》瞥《べつ》して、頼朋に向き直った。

「今度ゼミのOBで飲み会しようって話が出てるんだけど、頼朋も来るよな」

「金曜か土曜の夜だろ？　二次会なら行けるかも」

「頼朋が来ないとつまんないし盛り上がらないよ、おもに俺が」

「よく言う。我妻はいつもわいわいやってんじゃん」

「え、そんなふうに見える？」

どこか楽しげな我妻の笑い声を「あの！」と遮ったのは高晴だ。タイミングなど一切無視、いきなり横から話しかけられた我妻が怪訝《けげん》な顔をしている。

「失礼しました。私はこのカフェの向かいにある『リリアン』のショコラティエ、由利と申します。じつは頼朋さんの中学の後輩でして」

「へぇ、ショコラティエ……頼朋にそんな後輩がいたとは初耳」

「フランスから帰国したばっかりなんだよ。ていうかほら、お会計」

余計なことを喋《しゃべ》らせまいと頼朋が割って入ったのに、高晴はスツールに再び座り直す。

「気が変わりました。ランチのデザート追加でお願いします。併せてコーヒーももう一杯」

面倒くさいことになりそうだ。できればこのふたりを引き合わせたくなかった。

ふたりに背を向けて、頼朋は「あぁ」とげんなりした。

反して面白い展開は大歓迎らしい建斗が、緩みそうになる口元を堪《こら》えつつ「はい、カウンター一番さん」と、デザートを調理台に置いた。

『キャラメルとベリーのプチシフォン、スイートポテトのアイス添え』を口に運ぶ高晴と、ガレットを咀嚼する我妻の間にあるスツール二つがまるで縄張り争いの境界線のよう。

「不動産に飲食業ですか……いずれはお父様の跡を継がれるということなら、ちょうど年齢的にも縁談を迫られることが多いでしょう？」

「結婚や俺の次の跡取りに関しては弟に任せるつもりだ。俺は自由にやらせてもらってるよ」

我妻は交換したばかりの名刺の裏書きを見て、「おお、世界一なんだ、凄いね」と高晴の称号を素直に賛美する。高晴もにこやかだが、見ている頼朋ははらはらする。

「名字が由利だから、Ｌｉｌｌｙって店名に入ってんだ？」

「はい、チェリーレッドと対っぽいでしょう。僕たちの店名も名字も、ユリとサクラで花《はな》繋《つな》がりです」

　高晴が嬉しそうに答え、すかさず建斗が「俺も『柊木』でヒイラギなんだけど」と口を挟んだが、そこは見事にスルーされた。

「あと、運命だなって思うのが、頼朋と高晴って名前が武将繋がりなんですよ」

「は？」

　そこにいる全員が『タカハルって武将いたっけ？』ともやもやしつつ互いを見交わす。先陣を切り、我妻が半笑いでその疑問を振った。

「ヨリトモは言わずと知れた源頼朝《みなもとのよりとも》だけど、タカハルって誰だっけ？　いや、それより今さらっと『運命』って言った？」

「内藤隆春《ないとうたかはる》、後藤高治《ごとうたかはる》、箸尾高春《はしおたかはる》……けっこういます」

「あんた……『オダギリジョー』と『小田原城《おだわらじょう》』が同じっていうぐらい強引だぞ。ていうかもう一回訊《き》くけど『運命』って何さ？」

「僕と頼朋さんが出会ったことや、こうして頼朋さんの近くに戻ってこられたことも含め今に至る諸々《もろもろ》は、思惑などを超越し、不可思議に定められている巡り合わせだと思います」

「巡り合いが運命だっていうなら、俺とキミがこうして向き合ってんのも運命だな。宣戦布告なら受けて立つよ。こっちだってだてに五年以上片想いしてるわけじゃないから」

「恋の熱量は年月に必ずしも比例しませんが、頼朋さんへの十有余年にもおよぶ熱い想いは絶対誰にも負けません」

「年月に比例しないとか言っておきながら、ドヤ顔で年数を主張するんだね、ははは」

上品な俺様キャラがふたり揃《そろ》うと、殴り合いになる恐れがない代わりに、バラ園で水をかけ合うような陰険さで、聞いているこっちが息苦しくなる。

「十有余年ってさ……それもうただの意地なんじゃないの？　普通諦めるよ」

「へぇ、じゃああなたこそこれ以上時間を無駄にしないためにも、ここが引き際《ひぎわ》と諦めればいいじゃないですか。いつまでも若いわけじゃないんです。決断は早いほうがいい」

「しかもキミ、七年も日本にいなかったんだろ？　俺はキミが日本にいない間の頼朋を知ってる。頼朋は大学のとき、背中にほくろができた」

「はっ……サークルかなんかで海に行ったときに見た、とかでしょう？　自分だけが知る秘密みたいに言うのは下品ですね、くだらない」

「あ、自分が知らないから悔しいんだろ」

バラ園水かけ論の聞き苦しさたるや、汗顔の至りだ。頼朋の我慢は三分と保《も》たなかった。

「いいかげんにしろっ。営業妨害だ。ふたりとも食ったらさっさと帰れ！」

他の客の迷惑にならないよう低声で怒鳴りつけると、いい年をした大人がふたり、途端にピタリと口を噤《つぐ》んでしゅんとする。

その面白い光景に、建斗だけが肩を震わせて笑っていた。

由利高晴《ゆりたかはる》のショコラトリー『リリアン』が先日ついにオープンした。

開店祝いのスタンド花がずらりと並び、テレビ取材や雑誌の撮影クルーとおぼしき人たちが毎日、店に出入りしているようだ。

その流れで『チェリーレッド』も、ウィークデーでも時間帯に関係なく混み合う日々が続いている。カフェの中に、『リリアン』のショップバッグを手にした客の多いこと。

こちらの売り上げが減るかと思いきや、「『リリアン』のチョコレートディップに合いそう」という理由でプレーンタイプの焼き菓子が売れ行き好調だ。『リリアン』はチョコレート以外は置いていないらしい。

おかげさまで焼き菓子の補充が追いつかず、建斗と共に今日は早出した。ラッピングした商品をディスプレイに陳列し、開店に備える。

「チョコディップ、情報番組で紹介されて人気らしいよ。これから暑くなってくるし、アイスにかけて食べるとか、ミルクと混ぜてもおいしいんだって」

凄く気になる。気になるけれど、それをそのままあの男に伝えると、どんな解釈および交換条件で迫られるか分からないから、迂闊《うかつ》なことは言えない。

「あーもう、……胃が痛い」

「胃痛の原因は忙しさだけじゃないんだろ。隣人愛は深め合ってんの？」

「隣人愛の意味を歪《ゆが》めるな」

このところの仕事の忙しさに加え、自宅マンションに帰ったら帰ったで落ち着かない日々なのだ。

「店のオープンとクローズの時間も同じだから、行き帰りもおんなじタイミング。なんかさ、俺がゴミ捨てに出るとあいつも出てくるんだ。生活音聞かれてるんだろうなと思うとおちおちオナニーもできねー」

「え、何、ヨリって声出すの？」

「もののたとえをいちいち突っ込むな。でさ、『頼朋《よりとも》さん最近、歌手のナニナニの曲が好きなんですね』とか『ナニナニのＤＶＤボックス持ってますので一緒に観《み》ませんか』とか『ナニナニの観戦に行きませんか』とか、やたら俺のツボ突いたモンで誘ってくるんだ」

「割り切ってありがたく恩恵受けとけよ」

「怖いって！　恋人でもないのになんで俺のことそんなに知ってんのって、気持ち悪さが先にくるだろ。盗聴器は仕掛けてないって言ってたけど、ＳＡＴとかスパイが使うような高性能集音器とか持ってんのかもしれない。キモイの隠す気ないのか、やたら主張してくんだよな、『僕は頼朋さんの、こんなことも知ってます』みたいなのをさ。自分がやってるのがストーカー行為ってこと無自覚なのかな」

「悪気はないっていうか、純粋なんだろうな」

「お前……なんかちょいちょいあいつの肩持つな」

建斗《けんと》は他人事だからか、高晴の話題になるとどこか楽しげだ。しかし建斗から、ひどく現実的なことをアドバイスされた。

「気になるなら、隣を襲撃して証拠押さえればいいじゃん」

「襲撃て……やぶ蛇だろそれ」

「警察沙汰でも裁判沙汰でも、物的証拠がいちばんの強みだ——というのはまぁ冗談として。あっちが本気である以上、逃げ回るだけのふんわり対応もいつまで保つか。破綻する前に、自分で何かしら手を打っておけるだろ」

そう言われてもひとりじゃ怖い。万が一やつが本物の犯罪者で、うっかり家に入ったが最後、監禁でもされたら目も当てられない。最低限、単独行動は控えねば。

もし本当に盗聴などしていないのであれば、なるべく波風立てない方向で解決策を見出せればいい。ただし、犯罪に手を染めてたら即刻通報だ。

頼朋は建斗に同行を承知させると、互いの店が翌日休みになる日曜の夜、高晴と約束を取りつけた。

「なんて言ったん？」

「あいつの引っ越し&開店祝いってことで。いろいろ貰い物したし、お礼も兼ねて三人で飲みませんかって誘った」

三軒隣のリカーショップから仕入れたシャンパンと店の余り物を使った軽いおつまみ料理だけれど、これで貸し借りゼロだと思えば少し気分も軽くなる。

そうしてソムリエエプロン姿の高晴に迎えられたわけだが、その実態を確かめようとしたことを後悔するほど、相手は犯罪者以上のヤバ男だった。


「おう、犬」

悔しいから名前は呼んでやらないのだ。

アフガン・ハウンドのヨリトモはツーンと澄ました顔で頼朋のことは完全無視を決め込み、定位置らしいラグの上から動きもしない。散歩中に偶然出くわそうが、ベランダで目が合おうが、この犬はいつもこの調子だ。

覚悟してろ、いつか餌付《えづ》けしてやる――高飛車な風情《ふぜい》の犬を横目で笑い、高晴に案内されたダイニングを見て驚いた。

ピスタチオが入ったテリーヌ、タコとホタテのジェノベーゼソースサラダ、カニとグリーンアスパラのキッシュなど、ダイニングテーブルに手の込んだ料理が並んでいる。

「こっちも作ってきたけど、なんか出すの恥ずかしいな。仕事終わってからこれ全部用意したんだ？」

「前日に仕込めるものもありますし、そんなに大変ではありません。頼朋さんが作ってくれたお料理、カフェで提供されているのとは違うものなんですね！」

残り物でちゃちゃっと作りましたとはとても言えないが。

「あと、煮込み料理を温めるので、少し待っててください」

高晴がキッチンで料理を準備中、建斗に目配せして、室内におかしなものはないかとこそ様子を窺った。クリスタルのトロフィー群を見るふりをして、そのうしろを覗き、頼朋の住まいと隣接する壁に目をこらしたり耳を欹《そばだ》ててみたり。しかしそれで何が分かるでもなく、怪しげな機器もこれといって見当たらない。

そうこうしているうちに食卓が整い、三人はテーブルについた。ひとまず詮索は中断だ。睡眠薬でも入れられていては堪らないので、毒味役となった建斗が二、三品に箸をつける。「うまい！」と建斗からのゴーサインが出たところで、過剰な警戒はさすがに失礼すぎたかなと思い直し、ようやく頼朋も出された料理を味わった。

高晴は「頼朋さんのもおいしいです」とにこにこ、頼朋が持参したサーモンパテやアボカドディップのバケットを食べている。

「お前……自分の誕生日ですら自分の手料理でおもてなししそうだな。しかもどれもレストランみたいにうまい」

「頼朋さんがおいしいって食べてくれる様子が見られて、凄く嬉しいです」

「おーい。俺もおいしいって言ってんだけど、見えてる？」

当然、建斗のことは視界から抹殺しているのだろう。

リクエストしたわけでもないのに、食卓に並んだのは頼朋が好きな食べ物ばかりだ。

調理師免許をはじめ、手当たり次第に取得した資格のことや、七年にもおよぶ海外生活と修業時代の話は興味深く、会話が途切れなかった。

本来の目的を忘れそうなくらいの、フランス仕込みのおいしい手料理によるおもてなし。だから、にこやかな高晴に勧められるまま、持参したシャンパンに加えてブルゴーニュワインを赤・白、二本空けてしまい、食事が終わる頃には、お酒に弱い頼朋はぐらぐらになっていた。

「頼朋さん大丈夫ですか？　かなり酔いました？」

「てめ……何ちょっとわくわくしてんだよ」

頼朋の真正面に座る高晴は若干前のめりだ。建斗は頼朋の隣で顔色ひとつ変えず、三本目となるワインを手酌している。男らしい飲みっぷりがじつに羨ましい。

「酔った頼朋さんを間近に見るのは初めてなので……スマホで撮っていいですか」

「やだよ！　ていうか、間近じゃなきゃ見たことあるような口ぶりだな」

断ったのに、高晴の手にはスマホがしっかりとホールドされ、タッチパネルを押しまくっている。ストーカーらしく無音カメラアプリをご愛用。普段の行動が透けて見える。

「あのさ、もうこうなったら直球で訊くけど、どーして俺のパーソナルデータにやたら詳しいわけ？　それと、俺の普段の生活音めっちゃ聞き耳立ててっだろ」

「頼朋はオナニーんとき声出すから、おちおちできないって愚痴ってた」

「建斗おまっ……こいつが喜ぶこと捏造《ねつぞう》して情報提供するなって」

　はっと気付くと、高晴が顔を赤らめてもじもじしていた。心からキモイ。

「おいこら、とにかく質問に答えろ。盗聴器は仕掛けてないって言ってたけど、住居侵入で設置しなくても、レーザー光線の盗聴器とかコンクリートマイクなんてのがあるらしいな。そういう高性能集音器みたいなので壁耳してんじゃないのか」

　盗聴そのものは罪に問えない――ということをこのたび調べて学んだ。でもやっているなら、諭してやめさせたい。

「科学の英知には頼りません」

「なんでそこで自慢げなんだ。じゃあアナログならやってるってわけだな。壁に耳びたっとくっつけて、とか。そんなことしなくてもドアの開閉音を聞いたり……」

　追究に熱中しているさなか、隣でワインをぐびぐび飲んでいたはずの建斗が勝手にリビングから続く隣室のドアを開け、中を覗いて「うわ……」と驚きの声を漏らした。

　あっと慌てる高晴より早く駆けつけた先で見たものに、頼朋は息を呑んで凍りつく。

「な、に……」

　Ａ１版やＢ２版のポスターサイズに引き伸ばされているのは、高校の制服姿の頼朋だ。

視線がカメラに向いておらず、隠し撮りとしか考えられない。

動転し、ふらりと部屋に入ってさらに唖然とした。カフェをオープンしたとき店の前で撮った写真や、以前取材を受けた雑誌の切り抜きが壁にずらりと貼られている。

さらに、ふと目線を落としたところにあったものに「ひっ！」と悲鳴を上げた。頼朋の全身がプリントされた等身大抱き枕が転がっていたのだ。アイドルやアニメのキャラクターのそれはテレビなどで見たことがあるけれど、自分がプリントされているなんて想像の域を超えている。

「何……なんなんだこの部屋……」

「頼朋さんの部屋です」

真面目腐った声で答えられて、顔の皮膚がピキピキと引き攣《つ》る。

「ここの玄関出て隣が、『俺の部屋』だっ」

反論しながらぐるりと視線を巡らせた。

飾り棚にもなんだか見覚えのあるものが並んでいる。

「シャープペン……ビニ傘……高校の部活で使ってたタオル……？」

ストローやジュースの紙パックは、記憶を掠《かす》りもしない。それらが私物だと信じたくないが、タオルには『ヨリトモ』と自分の手書き文字が見て取れた。

立てかけられたアルバムらしきものが目に入り、嫌な予感はしたものの、中を捲《めく》ってぎ

ょっとした。盗撮された自分の写真が何百枚とコレクションされている。その量、親が撮り溜めた子供の頃の写真の比ではない。

スタンバイ中のノートパソコンはそのディスプレイを見ずとも、自分の写真が壁紙にされていると容易に想像できる。おそらく、ハードディスクにはろくなものが入っていないのだろう。

極めつきは、中学・高校の制服と、中学のときのジャージだった。

なぜこの部屋に吊《つる》されているのか。

「……なんでお前が持ってんの？」

中学のときの制服とジャージは、たしかサッカー部の後輩に譲ったし、高校の制服はこのマンションへ引っ越す際に捨てたはずだ。

「中学の頃のは買い取りました。高校の制服は……」

頼朋にこの部屋を見られたことにも、追及にも、高晴はちっとも怯んでいない。こうなることは分かっていたのか、バレてもいいという開き直りなのか。

「俺が高校の制服を捨てた頃は……お前フランスだろ？　え、どゆこと？」

なんかぐるぐるする。ワインが脳の動きを鈍らせているらしく、今起こっている事態がいまいちピンとこない。

ここに引っ越したのは五、六年前だったか。引っ越し業者は使わず、建斗に手伝ってもらって……

「……あ……？」

ぞわっと悪寒《おかん》がしてうしろを振り返ると、建斗が右手を軽く挙げていた。

「ごめんヨリ。それは俺が捨てずにこいつに空輸した。ビヨンセの東京ドームコンサートのチケットと引き換えで」

「は？　はあああああっ？」

「あと、中学の制服とジャージ譲ってやった後輩の名前おしえたのも俺。女子中学生でもあるまいし、それくらいならギリＯＫかなって思って。あ、でも、チケット代金はちゃんと自分で払ったから、けして賄賂じゃないぞ」

「じゃ……あ、あ、クリスティーナ・アギレラのコンサートも……」

いつも建斗がどうやってチケットを取っているのか疑問だった。あんまり洋楽に興味がない頼朋ですら知っている海外有名アーティストたちのコンサートは、入手困難なプラチナチケットだ。

「高晴、そっち方面に強力なコネ持ってるらしくて。でも誤解すんなよ。思い余った高晴が頼朋本体になんかしたらそれこそマズイだろ。それを阻止するために、頼朋が捨てた壊れたシャープペンを『これで我慢しろ』って渡したのが最初で。他のゴミみたいなのはさすがに知らない」

骨が折れたビニ傘や菓子パンの袋、……ほとんどゴミ収集だ。建斗もこの部屋に入るのは初めてらしく、複雑な表情で見上げたり覗いたりしている。

「部活で使用済みのタオルはちょっと罪悪感あったけど、パンツとかじゃないしなって」

「そ、そ、そういうっ問題かっ……！」

息継ぎを誤ってげほげほげほっと咳《せ》き込《こ》み、頭がクラクラする。

高晴が慌てて手を差し伸べてくるが、近寄るな、と腕をいっぱいまで突っ張らせて拒絶した。

「頼朋さん、柊木《ひいらぎ》さんのことは責めないでください。頼朋さんに告白して振られた直後、頼朋さんを遠くから仔細《しさい》に観察する僕に、柊木さんが憐《あわ》れんで声をかけてくれたんです。僕が人の道を踏み外さないようにって気持ちでしてくれた親切だったんですけど、僕がだんだん調子にのったために、お願いがエスカレートしてしまって。最新の写メ送ってくれとか、現在の彼女の有無とか、大学での様子、引っ越し先、カフェのこと、いろいろ情報を貰ってました……」

まさか身近にグルがいたとは。

最初から知り合いだったなら、建斗の高晴に対するこれまでの反応・対応諸々にも納得がいく。

「今日も『どうする？』って柊木さんに訊かれたんですけど、部屋に来てもらうことで、こういう今までのことを知られても構わないって……ちゃんと話す覚悟をしていました。僕ももう大人なので、頼朋さん本体に無理やり何かしたいとか、そういう危険思考は持ってませんし、近くにいられるだけで充分……」

ぐるぐると目眩がする。『頼朋さん本体』とか『無理やり何かしたい』とか、強烈な言葉が鼓膜にこびりついた。『本体』じゃないもの……例えばその抱き枕など、なんに使われているか想像するだけで泣きだしそうだ。

「頼朋さんっ！」

ワインによる泥酔《でいすい》なのか、恐怖とショックによるものなのか、頼朋はその場にぐらりと倒れ込んだ。堪えきれず、げぇぇぇと……派手に嘔吐《おうと》する。

「柊木さん、バスルームにあるタオルとバケツ、持ってきてください！」

「さわ、触ん……」

喋ることもままならず、再び「うっ」と腹の底から苦しいものがせり上がる。

ひとしきり吐き出し、床に転がった。

「……てろ……」

「え？」

「捨てろ、全部……捨てろ……捨てろ……」

目を開けても閉じてもぐるぐる回る世界で、譫言《うわごと》のように繰り返す。

知らない間に収集された私物。すでに一度自分の手を離れたものとはいえ、それを特別な感情を抱く人間に持たれているなんて、気持ち悪い以外の何物でもない。

そのまま深い穴に落ちるように、頼朋は意識を失った。


ふと目が覚めたときは暖かいベッドの中で、でも次の瞬間、ひどい頭痛に頭を抱え、ううっと唸った。

「頼朋さん、大丈夫ですか……？」

確認せずとも声で分かった。なんでこいつがいるんだ、気分が悪い、吐きそう、喉がカラカラ……言葉がひとつも出てこない。

「水、持ってきますから」

ばたばたと忙しない音を聞きながら、見覚えのない白いシーツの波間でもぞもぞともがく。

「頼朋さん、水です」

上掛けをそっと剝がれて、身を起こすよう促された。渇ききった喉が潤され、身体の内側にミネラルウォーターがひたひたと染みていく。

「……お前の、ベッド？」

「昨夜《ゆうべ》、飲みすぎて倒れたあと、寝てしまって。今……朝の八時です」

「……建斗は」

「頼朋さんをベッドに運んだあと、帰りました」

変態の館に置いていくとは、どういうことだ。

思わず身なりを確認すると、高晴がため息をつくように笑った。

「触ったりしてません。柊木さんは、いちおう僕のことは信用してくれているので」

肝心な頼朋自身が信用していないのに、だ。なんだかおかしくて笑えてくる。

笑いだすのと同時に猛烈な吐き気に襲われた。ほとんど抱え上げられてトイレに連れていかれ、背中をさすられながら嘔吐する。最悪だ。

「死ぬ……」

「お酒弱いって知ってたのに、すみません」

それから何度も嘔吐した。胃液しか出ない状態になり、気持ちも体力も激しく消耗する。

立ち上がることもままならず、便座にぐったりと寄りかかった。

「もう二度と、酒は飲まない」

「いつもそう言うけど誘われると飲みに行くし、楽しいと飲みすぎるんでしょう?」

なんでも知っている口調で、高晴は優しく背中を掻き撫《な》で続けている。

「触んな……」

頼朋の力ない拒否の手を避《よ》けつつ、高晴は嫌な顔ひとつせず、どろどろに汚れた口周りを湯で絞ったタオルで丁寧に拭った。いくらその手を退《の》けようにも、力がまるで入らない。次第に抵抗する気も失《う》せる。

「どうして……」

ここまでするんだろう。吐瀉物《としゃぶつ》の饐《す》えた匂いは自分でもうんざりするし、きっと今、至上最低最悪のブサイクに違いない。

「……百年の恋も冷めるんじゃね？」

嫌われたって少しもおかしくない状況だ。

なのに高晴は、いいえ、と首を横に振った。

「やっぱり……運命なんだって、感動すらしています。百年後も、あなたを好きでいる自信しかありません」

柔らかに目を細めて、運命だとか感動だとか囁《ささや》かれる。想い人の吐く姿の何が運命で感動なのか。いくら熱心に口説かれようと、高晴の言うことは一切共感できない。

「頼朋さんの寝顔見られたたし、冷めるどころか今、死にそうなくらい幸せです」

「……こんな状況でも、言うのかよ……さすが変態」

そうだ、変態だ。盗撮し、写真を集め、人のゴミを後生大事に保管し、夜な夜な制服の残り香を嗅いでいるのだ。

悠長に吐いている場合ではないと、意を決して立ち上がった。

リビングの分別用のゴミ箱を掴み、引き摺《ず》って、『頼朋さんの部屋』へ通じるドアノブに手をかける。まさにその瞬間――

「ガウッ！　ガウガウガウッ！」

「うわぁっ」

これまでとは明らかに声色の違うアフガン・ハウンドのヨリトモが、頼朋に飛びかかってきた。

「ヨリトモ！　ヨリトモ、ダウン！」

ドアの前にヨリトモが立ちはだかり、凄い勢いで吠えられる。

「すみません頼朋さん！　ヨリトモは『頼朋さんの部屋』の番犬なんです。他の何を持ち去られても構わないですが、この部屋のものだけは絶対、泥棒にも誰にも盗まれないように特別に訓練されてるんです！　たとえ荷主であった頼朋さんでも、『頼朋さんの部屋』の荷物を奪おうとするなら、ヨリトモは敵だと思ってしまうんです！」

「何喋ってんのか全然分かんねぇっ！　ヨリトモ、頼朋って紛らわしいんだよっ！　だいたいお前が飼い主だろうがっ。なんでこの犬、お前の言うこと聞かないんだ⁉」

「ヨリトモの優先順位の最高位は『頼朋さんの部屋』の頼朋さんグッズなんです。僕はあくまでも二番で……」

「なんだそれ、飼い主守らないとか番犬として本末転倒だろう！」

「ガウガウガウッ！　ガウガウガウガウ！」

「だあああああっ、見てろこの野郎！　絶対、絶対、その部屋の荷物、いつか俺が根こそぎ捨ててやるからな‼」

覚えてろよ！　と負け犬みたいな頼朋の捨《す》て台詞《ぜりふ》に、犬のヨリトモが勝ち誇った表情でフフンと鼻を鳴らした。


定休日明け、ストレスからくる胃痛で鳩尾《みぞおち》を押さえながら『チェリーレッド』に入ると、建斗がカウンターから出てきた。

「ヨリ……いろいろごめん」

建斗の行動も許しがたいが、こいつの性格からいって変な意図や悪気があったとは思えないし、高晴があれほどの変態に成長するとは予想できなかっただろう。

「……胃、痛い……」

ふらふらと歩み、荷物をその辺の椅子に無造作に放る。

常備薬と水を建斗から渡され、ひとまずカウンターに座った。苦い胃腸薬を飲み干す。

「……最初はさ、」

経緯を説明しておきたいのか、建斗もカウンターに並んだ。

「なんかかわいそうだなーこいつ、ってうっすい同情だったんだ。高校進学してすぐ、ヨリに彼女できただろ。その頃、ヨリんちの近くで高晴がうろついてるのたまたま見つけて、『ヨリには彼女できたからもう諦めれば？』って声かけた。そしたら手つけらんないくらい号泣されて。こいつ頼朋になんかやらかすんじゃないかって俺もびびった。『頼朋さんの、なんでもいいから何かください』って泣きつかれて、『これで我慢して諦めろ』って渡したのが、壊れたシャープペン」

「結局それであいつが納得しなかったってことか」

「いらないって捨てるなら僕が欲しいって。日本にいる間はこっそり陰から盗撮したり、海外行ったあともグッズ集めたりで、どうにか熱情を治めてた……っていうことかもしれないな。ゴミで納得してるようだし、ときどき『ニューアイテムないですか、新情報ありませんか』って言われて、俺のほうも『必死に片想いしてるやつって行動が面白いな』みたいな軽い感覚だった……かも、ごめん」

「もうすんな」

「うん」

「これから俺はあいつのことは極力無視する。仕事中は私情挟みたくないから、客と店、店と店としての最低限の対応はするけど、それ以外はマジ、徹底的にやる。何かをやめろっつったってあの変態が聞くわけないいんだ。だから気持ちを冷めさせる以外にない」

そしたら収集されたグッズも、本人が葬ってくれるだろう。

拳を握りしめての頼朋の力説に、建斗は納得いかなげに首を捻った。

「そんな程度で諦めると思えない」

「でも、ずーっと無視されれば、普通諦めない？」

「だって十二年間『ただ見てるだけ』を耐え抜いた男だぞ。これから五十年でも百年でも、伏せの姿勢で頼朋のこと待ってそうな気がする……」

「……生きた狂犬ハチ公じゃねーか」

「ちょっとくらいいたぶっても、嬉しそうにしっぽ振りそう……」

そんな建斗の言葉どおり、頼朋の攻めはまったく暖簾《のれん》に腕押しだった。

絶対の覚悟を決めてから無視し続けること数日。高晴はいっこうにめげる気配を見せない。一方的に話しかけられ、聴きたくもない英会話ＣＤを延々再生されているみたいなものだ。

一日が終わり、『チェリーレッド』を戸締まりして、ひとけの減った歩道を進み始めると、すかさず靴音がついてくる。

無視はできても、声や音までは遮断できない。タイミング悪く携帯音楽プレーヤーが壊れたのは、高晴の念力じゃないのだろうか。

改善しないどころか悪化しているように思える現状と、無視しなくてはというストレスで、頼朋の胃痛は日増しにひどくなるばかりだ。

「頼朋さん、お疲れさまです。今日は日中ちょっと暑かったくらいでしたね。チョコレートの温度管理がこれから難しい季節です」

「………」

「頼朋さんのお店の外にあるブランコで今日、三、四歳くらいの男の子が遊んでるのを見ました。お祖父様《じいさま》が喫茶店をなさっていた頃は、頼朋さんもあれに乗ったんでしょうね」

外観は改装してしまい当時の面影はないけれど、母がまだ生きていた頃は、古い木の温《ぬく》もりに溢れた喫茶店だった。母と一緒に店を訪ね、祖父にパンケーキを焼いてもらったり、ブランコで遊んだ思い出が蘇《よみがえ》る。

母親は小学五年生のとき病死した。放浪癖の父親はほとんど家にはおらず、最後に顔を合わせたのは高校二年の冬、祖父の葬式のときだ。その前会ったのは中二の夏だった。

高晴が言うような永遠の愛だの、永久《とわ》の誓いだのというのは、言葉は存在すれど実在しない架空のユニコーンみたいな、つまり頼朋にとってファンタジーだ。

自分の恋愛感情にしても、三カ月と保ったことがない。交際がそれ以上続いたとしても惰性だった。だから、高晴の『百年後も好き』が夢想家の弁にしか思えないのだ。

この男が十年以上も自分を追いかけているのも単なる妄執。こんな社会病質的な行為が愛であるはずがない。愛であって堪るか。

「きっと凄く可愛《かわい》かっただろうな、頼朋さん……。生まれたときからのあなたも全部、この目で見たかったです」

「俺よりあとに生まれたくせに」

思わずもごっと呟いた言葉は、うしろの高晴に届いたかどうかは分からない。

「ずっとあなたを見ていたい。たとえこっちを向いてくれなくてもいいんです。今際《いまわ》の際《きわ》に、もしあなたより先に僕の目が閉じてしまっても、悪魔に眸を差し出すから、あなたを最後まで見守っていたい」

「たとえ話が怖すぎんだよ！」

我慢できなかった。禁を破って怒鳴り返してしまう。ダンッ！　と地面を踏みつけ、夜道を必死になって走った。

でもどんなに全力で疾走しても、闇雲に逃げても、あの男は追いかけてくる。

「だって、部屋が隣ですもん」

「はあっ、はあっ、ぜえっ……て、てめぇ、なんで息が切れてないんだっ」

「鍛えてますから。こういったバトルも想定内です」

涼しい顔でエレベーターのボタンを押し、どうぞ、と促されて、もう諦め半分で乗り込んだ。逃げ場がない狭い空間だが、致し方ない。

「あなたが嫌がることはしませんから、傍《そば》にいることを許してください」

「じゃあ集めたグッズは返せ」

「それだけはイヤです」

「お前なぁ、言ってることとやってることが矛盾してるだろ！」

「あなたが僕のものになってくれるっていうなら……少しは考えますが」

「おいおい、その場合は素直に返すって言うだろ」

エレベーターが停《と》まり、再び、どうぞ、と先を譲られて降りる。

「僕のものになったふりをして奪われでもしたら堪りません」

「おまっ……ほんとに俺のこと好きなのっ？」

「好きですよ。分からないなら何度でも言います。好きです。あなただけが好き、他は何もいらない」

「だったらグッズ返せっ！」

「イヤだって言ってるじゃないですか」

「おーまーえっ！　マジむかつく！　最強に陰湿でえげつない嫌がらせしてやるからな！」

「僕の愛を試したいんですか？　どうぞ、お好きなように。楽しみに待ってます――あ、頼朋さん」

何かに気付いたのか高晴の目線が、頼朋の蟀谷《こめかみ》の辺りを捉えている。「え？」と頼朋が無防備な反応をした次の瞬間、高晴の指がそこに触れた。ほんの一瞬の出来事だ。

「走ったから、汗掻いちゃったんですね……」

拭った汗で濡れた指先を、高晴がぺろりと舐《な》めた。

無視しきれずキレて、結局相手をしてしまった。しかしそれを後悔する能もないほど、頼朋は完全にテンパっていた。

「ききききキモイ、マジでキモイ……」

汗は体液だ。唾液、精液、尿と同じく分泌・排泄物だ。その体液を舐められてしまった。

ひとり部屋の中をぐるぐるしながら策を練る。

どうやったらあの変態に、最悪なかたちで嫌われることができるか。そしてとことん惨《みじ》めな目に遭わせてやれるのだろうか。正攻法では駄目だ。あの強心臓に普通の感覚で向かったところで到底、太刀打《たちう》ちできない。

苛《いじ》めるとか嫌がらせとか、そういう方面に思考力を費やしたことがないのでなかなか良案が思いつかなかったが、しばらくしてふとアイデアが降ってきた。

「……そうだ奴隷《どれい》にすればいい。高晴奴隷化計画だ。しかも下僕だ奴隷だと口汚く呼びつけて、あっちがメンタルダメージを受けるくらいに、ギタンギタンにしてやればいい」

目には目をでは追いつかないから、目には歯をだ。自分に想いを募らせている相手を奴隷扱いするような最低な人だったのか、とがっかりさせれば、きっとこの不毛な闘いも終わる。

それから、徹底無視から一転、高晴奴隷化計画がスタートした。

高晴の名刺は貰っているけれどスマホにはかけたくないので、ベランダの仕切り板をお玉や布団叩《ふとんたた》きでバンバンバンバンと打ち鳴らす。どちらの店も定休日の朝、あっちが寝てようが遠慮などしない。

「頼朋さん、どうしました？」

ものの十秒ほどで、仕切り板の脇から爽やかに整った高晴が顔を覗かせた。

「ジュース。ジュース買ってこい」

「先日言われたコストコの濃縮オレンジジュース、ストックがありますよ」

「いやだ、今日はコーラがいい。ペットボトルのでかいやつ。今すぐ。三分以内で」

「しょうがないですね、待っててください」

いい大人がパシリ。パシったほうもパシらせたほうも相当イタイが、奴隷化計画ゆえにこちらのダメージは相手に伝わってはならない。傲慢に、横柄にだ。

「次はコンビニ往復最速記録を出したいです」

コンビニまで走り、コーラを持って三分で現れた高晴は息も切らさない。

「ついでに掃除でもしましょうか」

「はあっ？」

頼朋の反応を待たず、高晴が部屋に上がり込む。これでは完全に押し入りだ。

「おおおいっ、何勝手に入って……！」

「僕は頼朋さんの奴隷なんですよね？　真面目にきっちり働きます」

「そ……あっ、ゴミ！　ゴミを盗む気だろっ！　ふざけんなっ！」

高晴のシャツを引っ掴むと、厳粛なる面持ちで頼朋とまっすぐに視線を交えた。

「頼朋さん、約束します。僕は、欲しいものがあれば正面から交渉します。持ち主の了解を得ることなく物を盗《と》ったりしません。最後に全裸でボディチェックしていただいてもけっこうです」

「あれだけ俺の私物を集めておいて、自分はまともだとでも言いそうだな」

しかし、これまでグッズを収集した経緯を踏まえると嘘《うそ》ではないようだ。法に触れる卑劣な行為はしないとの以前からの誓いは、しっかり守られている。

でもストーカーに掃除されるなんて気持ちいいものではない――などと考えているうちに、ぎりりりと鳩尾が鈍く痛みだした。深慮する力が途端に削《そ》がれる。

ひとまず無害であるなら、今は何より奴隷化計画を推進すべきだ。

「分か……った、俺は寝る。部屋、掃除しておい……掃除しとけ、綺麗に」

寝室に逃げると、リビングのほうで掃除機の音が響き始める。頭から上掛けを被《かぶ》ってすぐに胃痛が顕著になってきた。

どうしてここまでして子供じみた嫌がらせをしているのか、自分でもおかしくなってくる。

あれこれ理由をつけて高晴をパシらせている間に、『頼朋さんの部屋』に集められたグッズを奪うべく、ヨリトモをエサや犬用のおもちゃで釣るという方法を試みたことがある。ヨリトモの反撃に遭い、玄関扉の内にすら入れず退散した。

ベランダからの侵入も不可能だ。ヨリトモがガラス窓の前で目を光らせている。たとえ散歩中であっても数メートル離れた位置から低い声で威嚇される始末。頼朋にはわずかも心を許さない、番犬の鑑《かがみ》だ。

何もかもが空回り。自分に落ち度があるわけでもないのに、まったく理不尽だ。

ぐずぐずとベッドの中で唸りながら、いつの間にか本当に眠ってしまっていた。

胃の鈍痛で二度寝から覚め、頼朋はぎょっと瞠目した。

「な、なな、何してんだてめぇっ！」

「あ、すみません。ちょっと寝顔の撮影を……」

高晴の手にはスマホがある。最近の携帯機能やアプリを侮《あなど》ってはいけない。少々薄暗かろうと、わりと高画質で撮影可能だ。

「寝顔、凄く可愛くて色っぽかったです。とても二十七歳には見えませんね」

「お前ばかだろ！　男の寝顔撮って何が楽しいんだ！　データ消してやる！」

「ふふふ、データは『頼朋さんの部屋』のパソコンに即座に転送、同時にクラウドにもバックアップ済みです。マイプレシャスコレクションが増えていく。静止画像も素敵ですが、動画もいいですね。先日の泥酔していた頼朋さんは、しどけなく扇情的だった……」

「あのときも撮ってたのか？　何もしてないって言ったじゃねーか！」

「触ってない、と言ったんです」

「ああ言えばこう言う……！」

「頼朋さん……具合悪いんじゃないですか？」

返事を待たずして高晴の手が頼朋の額にぴたりと添えられた。

「触っ……」

「熱はないですが顔色が悪いですね。もしかして、胃？　柊木さん情報ですが、頼朋さんは風邪《かぜ》のひき始めにも胃が痛くなるって。胃痛はまず温めたほうがいいんですよ」

「……なんだその手帳」

「頼朋さんのことを日々詳細に記録するための手帳です。僕の日記みたいなものです」

「日記には普通は自分のことを書くんだ、ばか」

やめろと言ったところでやめるはずもない。日課が『頼朋さん日記』、おそらく趣味や特技の項目にも『頼朋さんの分析』と書くのが目に見える。

それから高晴は甲斐甲斐《かいがい》しく白湯《さゆ》を運び、頼朋も言われるままそれを飲んだ。奴隷化計

画のはずが、いつの間にやら介抱されている。

「胃痛に効くツボを押してあげます」

「触りたいだけだろ！」

反論など聞いちゃいないのか、脚を摑み軽く膝を曲げさせられて『三里《さんり》』とかいうツボを押された。

「鳩尾の傍にもツボがあるんですが、服の上からなので押していいですか」

「うさんくさいな。ほんとにツボにも心得があるのかよ」

「ハーブや東洋医学についても軽くですが勉強しました。頼朋さんにマッサージを施すなんてさすがに一生無理かと思ってたんですが、ツボ知識が役立つようで嬉しいです。さぁ、押しますから、息をゆっくり吐いてください」

今度は鳩尾と臍《へそ》の間に位置する『中《ちゅう》かん』に指を当てられる。ちらりと高晴の顔を窺うが、やつは真剣そのものだ。

「もう一度起こしに来ますからしばらく寝ていてください。何か胃に優しいものを作ってあげます」

奴隷が奴隷らしく働くと言うので「勝手にしろ」と布団の中に潜り込んだ。

奴隷として虐《しいた》げてやるという決意の行動がすべて裏目、高晴の喜びそうな展開にすり替わっているような気がしつつも、一度始めた奴隷化計画を今更やめるわけにいかない。ここで放棄したら無視の時同様、単なる徒労に終わってしまうし、何より他にこの変態男に嫌われる手段を思いつかない。

「僕はソーセージとサラダのフレンチトーストをお願いします」

「俺はフレッシュトマトとアンチョビとバジルのガレット」

カウンターに高晴と我妻《わがつま》が、スツールひとつ空けて並んでいる。

頼朋はため息をついた。高晴ひとりでも面倒くさいのに我妻の短期集中アタックも並行し、煩わしさは五割増しだ。

我妻は通例どおり「今度の休みにドライブ行こうよ」「ディナーしようよ」と誘ってくる程度なので、断り続けているうちに適当に諦めるだろうが、今は勘弁してほしい。

「わざわざ三茶までランチなんて、我妻さん、暇なんですか？」

「ここに来るたびにいるキミに言われたくないよ」

我妻と牽制《けんせい》&応酬を交えつつのランチを食べ終わると高晴はスツールから下り、カウンターの内側に入ってくる。

それから腕捲《うでまく》りをして、流し場に溜まったプレートやカップなどを洗い始めた。

「え、何やってんの？」

覗き込んで驚いているのは我妻だけだ。建斗はそ知らぬ顔でパンケーキを焼いているし、頼朋はコーヒーをマグカップに注《つ》いで我妻の前に置いた。

「頼朋さんのお手伝いです」

「お手伝いて……あんたはショコラトリーのほう……」

我妻は『リリアン』を振り返り、もう一度「は？　あっちほったらかし？」と驚倒している。

「店にはちゃんと優秀な店員と弟子がいます。僕の午前中の仕事は終わらせて来てますし、これが済んだら『リリアン』に戻りますから大丈夫です」

弟子がいるとは初耳だが、ショコラティエ世界一なんだし、と別段気にもとめなかった。

「そういう問題？　弟子にも店員にも示しがつかないんじゃないの？」

「フランスでは休憩時間に恋人とデートなんて普通です。何してたっていいんですよ」

「いやいや、ここ日本だよ」

そう言って怪訝な表情をした我妻が「頼朋もそれでいいのかよ」と目で窺ってくる。知らん顔で何も答えない頼朋の代わりに、高晴がにこにこしつつ「奴隷だからいいんです」と返した。

「奴隷て」

失笑している我妻は、冗談だと思っているようだ。

「あー分かった、キミのはそういう攻め方？　へつらって頼朋のご機嫌を取る。従順な隷属になりきって取り入ろうって……男としてどうなの、それ。情けないな。小学生じゃないんだから、男同士対等であるべきなんじゃない？」

我妻にしては珍しくいい働きだ。高晴のしていることも、それをさせている傲慢な頼朋も、どちらもおかしいともっと罵ってくれたらいい。

「是非をあなたに決められる筋合いはありません」

類似キャラの男からあんな言われ方をされて、さすがの高晴も体裁が悪いだろうと思いきや、平然と洗い終えたあともカトラリーを磨いたり、ストックを補充したりしている。打っても響かないゴム製の衝撃吸収材みたいな男だ。

しばらくして『チェリーレッド』のドアベルがカランコロンと大きく響いた。慌ただしく入ってきたのは、胸元に『Ｌｉｌｌｙ Ｙａｒｎ』のロゴがついたコックコートの男の子だった。

「ちょっと……タカハル！　またこんなとこにいた！」

こんなとこ、という言い草はいかがなものか。

「あ、ミッシェル」

高晴にミッシェルと呼ばれた彼は、蜂蜜色の髪を揺らし、カウンター裏を覗き込んだ。ミッシェルのマリンブルーの眸がチラリと頼朋を一瞥する。その一瞬に、きつく睨まれた。

「今日、取材入るって言ったじゃないですか。クルーの人たちおみえですよ」

「一時半じゃなかったっけ」

「あと十五分で約束の時間です！」

いいから早くしてくださいっ、とまくし立て、高晴の腕をぐいっと引っ張る。あの高晴に、なかなかの高姿勢だ。高晴は引き摺られるようにして進みながらも、頼朋しか見ていない。

「頼朋さん、またあとで、夜に来ますから……！」

「もう少しちゃんとしてくださいよ、世界一のショコラティエらしく」

閉まりかけたドアの向こうで、高晴のよれた襟をさりげなく直してやるしぐさ、その胸の辺りに置かれたミッシェルの手、ふたりの距離に視線が釘付けになる。

「なんだ……あれ、恋人じゃないの？」

そう言ったのは、同じく様子を見ていた我妻だ。すると建斗が「いいや」と否定した。

「ミッシェルはお弟子さん。高晴がこっちで店出して、忙しいのを聞きつけてフランスから駆けつけたらしい。あっちにいた頃の仕事仲間らしいよ。来てまだ二週間くらいじゃないかな」

「弟子から呼び捨てにされてんの？　ウケル」

知らなかった、初耳だ。細身で、深い海のような碧眼《へきがん》、若くてハーフっぽい男の子だった。

「…………………」

なんだかもやっとする。

高晴なんてキモイ変態ストーカー男なのに。

忘れかけていたが、高晴は世界一のショコラティエだ。そんな男を尊敬している弟子がはるばる追いかけてきたって不思議ではない。ないけれど——。

高晴の身なりを整える親密な距離感。脳裏にふたりの残像が浮かぶ。

「……ふぅん……」

途端に、鳩尾がきゅうっと痛む。眉間を狭め、腹に手のひらを押し当てて、頼朋はその痛みをどうにかやり過ごした。

昼間の宣言どおり、夜も高晴は食事に訪れた。

「……？　頼朋さん、どうしました？」

高晴の顔をぽけっと見ていたところ、そう問われてハッとする。

あの押しの強そうな弟子から「こっちだって忙しいのに、もうあの店には行っちゃ駄目です！」と苦言を呈され、もしかすると来ないかも……などと思っていたのだ。

一瞬芽生えた安堵《あんど》のような感覚に自分で慌てて、いつもの調子で冷たくあしらう。

「とっとと、帰れ」

「頼朋さんと一緒に帰ります」

「今日は我妻と飲みに行く約束したんだ。だから、さっさと帰れ」

「えっ、……」

本当は約束なんかしていない。今日我妻が来たから、説得力があると思ってついた嘘だ。

高晴がダメージを受ける方法。いけ好かないライバルと、あんまり強くない酒を頼朋が進んで飲むつもりだと知れば、それはもしかして奴隷化よりも効果があるかもしれない。

「我妻さんとなんて、いやです……行かないでください」

「俺の勝手だろ」

「頼朋さん、駄目です。行かせない」

「だからなんでそれをお前が決め……」

口論していると、本当に我妻が現れて驚愕した。

「頼朋ー、もう店終わっただろ、ドライブ行こう!」

夜も食べに来ると宣言した高晴に対抗すべく、我妻も再登場するのはあり得ることだった。我妻はじろりと高晴を睨めつける。

高晴には『飲みに行く』と言ったのに『ドライブ』ではおかしいかもしれないが、今我妻の誘いにのれば、高晴のダメージは相当のはず。

「……我妻、ごめん、ドライブは行けない」

けれど、それが分かっているのに、頼朋は我妻の手を取れなかった。我妻が嫌だからというわけではない。なのになぜこれ幸いと話にのっかれないのか。我妻を利用することに良心が咎《とが》めるからだろうか。

自問しても明確な答えが見つからない。漠然とした焦燥にさされ立つ。高晴があからさまにほっとするのを視界の端で捉え、苛立《いらだ》ちが突然ピークに達した。高晴への嫌がらせのつもりだったのに、これじゃあまるで、高晴のお願いに自分が従ったみたいだ。

我妻は自分が断られることはある程度想定していたのだろうけれど、この奇妙な空気に目線を彷徨《さまよ》わせている。

「ごめん建斗……今日凄く調子悪い。先に上がらせて」

「頼朋さん！」

立ち上がろうとする高晴に「ついてきたら二度とこの店に入らせないからな」と言い捨てて、頼朋は『チェリーレッド』をあとにした。

翌日、最悪な気分で目覚めて鏡の中の青白い顔にため息をつき、朝食もとらず、あり得ないほど早朝にマンションを出た。

さすがの高晴もドアの開閉音を聞いて飛び出してくる時間じゃない。

『チェリーレッド』までの道のりを、久しぶりにひとりで歩く。

昨夜、後片付けを押しつけてしまった建斗にはちゃんと謝ろう。仕事なのに、公私混同もいいところだ。

高晴は――……あれから何か言ってくるかもと思ったけれど、帰宅したらしい物音を最後に、夜は異様なほど静かだった。我妻とふたりで会う約束をしていたという出任せを撤回しないままだったから、そこはダメージになったのかもしれない。部屋でひとり、しゅんと項垂《うなだ》れたりしていたのだろうか。

奇妙な妄想に取りつかれながら、シャッターの下りた静かな商店街を過ぎる。

『チェリーレッド』につくと、すぐに焼き菓子の準備を始めた。小麦粉や砂糖の分量を量り、生地を混ぜている間は不思議と無心になれるのだ。クッキー生地を寝かせている間に、マドレーヌの準備に移る。

オーブンを温めようとしたとき、カランコロン、とドアベルが鳴った。外はまだ人通りのない朝。間違っても客が来る時間じゃない。

「灯《あか》りがついてるの、あっちから見えたので」

入り口に立っていたのはミッシェルだった。

頼朋の勘違いでなければ、彼からは敵視されている。よその店の弟子が現れるのも不自然な時間で、頼朋は訪問の理由が判然とせず全身を緊張させた。

「おはようございます」と頭を下げられて、頼朋も挨拶を返す。出勤したてらしく、彼も私服姿だ。

「こんなに早くから……、珍しいですね」

「『リリアン』さんのおかげで焼き菓子がけっこう出るんですよ。キミは、いつもこれくらい早いの？」

「いいえ。今日はちょっと……」

頼朋は眉を顰める。なんとなく嫌な予感がした。

「お忙しそうなので、単刀直入に申し上げてもいいですか」

「……何？」

「タカハルを振り回すの、やめてもらえませんか」

構えていたのに衝撃が走った。ただ、その内容には大いに反論したい。

「俺が振り回してるって？」

「この二週間あまり黙って見てましたが……なんでうちのショコラティエがあなたの店の業務用小麦粉を担《かつ》いで運んだり、花に水をあげたり、ブランコを掃除したりしてるんですか？　あなたのいいときにだけ気まぐれに使うなんて、ばかにしすぎです」

さぞイライラしながら向かいの店から様子を窺っていたのだろう。ミッシェルは憎々しげに頼朋を責め立てる。

「勘違いしないでくれるかな。あっちが、俺に、ついて回ってんの。あいつが勝手に店の手伝いを始めたの」

ちょうど何かで手が放せなかったとき「小麦粉運んでくれ」と頼んだのをきっかけに、「奴隷だから」と高晴自らあれこれやり始めたのだ。

「それでも！　それはおかしいとか、諭すのが普通でしょう！」

「普通て……あいつが俺の普通の説得に素直に応じるわけないだろ」

この話はいくら続けても平行線だろう。敵意丸出しのミッシェルが、頼朋の説明に理解を示すとは思えない。

「あなたはタカハルの凄さを分かってない」

「ショコラティエ世界一ってことなら知ってるけど」

ミッシェルは嘲るような声を短く漏らし、「そんなのただの肩書《かたがき》でしょ」と顰笑《ひんしょう》した。

「何も知らないから、あんな奴隷扱いができるんですね」

棘《とげ》のある口調で、じつに嫌みったらしい。カチンときたことを隠すことなく、頼朋も表情を険しくする。

「キラキラの称号とか偉い人が決めた評価とか……それも大事だけど、明日はまた別の人が貰うステータスなんか、他人が彼を装飾するだけの記号です。あなたはタカハルの仕事を見ようとしたこともなければ、ショコラを食べたことだってないんでしょ」

ミッシェルの言い方は癪《しゃく》に障《さわ》るが、まったくもってそのとおりだ。

「見たことも、食べたこともないね」

「そんな人に、タカハルを盗られたくありません！」

露骨なまでに直球で本音をぶつけられて、思わず目を瞠《みは》った。

「……へぇ、あいつのこと好きなんだ？」

「フランスにいたときから……僕の想いは彼に伝えてあります」

ならばミッシェルの気持ちを知っていて、それでも高晴は彼を傍に置いているということになる。その新たな事実は頼朋にとって、ミッシェルの告白より衝撃的だった。

「タカハルの未来に、あなたは邪魔なだけです。ただ奴隷扱いして、今だって、彼の貴重な時間を無駄遣いしてる。なんの足しにもならない」

辛辣かつ至当な見解が胸にグサリと突き刺さり、ミッシェルの言葉にダメージを受けている自分にも戸惑う。狼狽《ろうばい》を悟られたくなくて、頼朋もミッシェルを睨めた。

「ライバル宣言とか一方的にされて困惑なんだけど。好き好き口説かれて迷惑してんのこっちだし」

「迷惑なら、タカハルの執着をあなたが切ればいいんだ」

「だから切るつもりでいろいろやってんのにあいつに全然響かないっていうか、何されて

か？」

「それはあなたが本気で拒絶してないからですよ。たっぷり愛されて、その心地よさに無意識のうちに酔ってるんだ。それとも、もうあなた自身がそれに溺れてるんじゃないですか？」

カッと腹の底が熱くなる。挑発にのりたくないのに、声が震えた。

「――キ……ミに、そんなこと言われる筋合いない」

「とにかく、タカハルの仕事に差し障るようなことはやめてください。ショコラティエであるタカハルのことを何も知らないくせに、彼を侮辱する扱い……僕は絶対許さない！」

言いたいことだけしっかり吐き捨てて、ミッシェルは『チェリーレッド』から出ていった。

「どいつもこいつも……聞く耳ナシかよ……！」

脱力してその場に屈《かが》む。しばらく茫然《ぼうぜん》となり、ミッシェルの言葉が頭を巡った。

『あなたはタカハルの凄さを分かってない』

悔しいが、そのとおりだった。自分はあの男にどれだけの才があるのかはもちろん、その仕事ぶりだって少しも知らない。知っているのは世界一という肩書だけ。

これまであの変態の相手をするだけで手いっぱいだったのだ。

けれど、他の一面を知りもせずにただ気持ち悪いからと拒否している自分は、もしかしたら人として配慮に欠けているのかもしれない。

いや、でも、相手は重度の変態ストーカーだ。やはり気遣うほうがどうかしている。

迷いを打ち消すように首を振ると、ふと、棚に無造作に置かれた赤いリボンの箱が目についた。貰ったままになっていた『桃のチョコレート』だ。

それを手に取り、カウンターのスツールに腰掛ける。

再会したあの日に忘れて、以降はなんとなく怖くて開けられなかった。ずるずると日にちばかりが過ぎて、今日まで放置してしまったのだ。

すっとリボンをほどいて上蓋を開け、直筆のチョコのデザイン画と説明書きを除《の》けて、白いユリのレースが装飾されたクッションペーパーを取った。そこには、かつてのバレンタインに見たものとはまったく違う、つややかに煌《きら》めくトリュフが四つ並んでいる。

ここで受け取った日はもっと強く桃の香りを放っていたけれど、さすがに時間が経《た》ちすぎたらしい。それでもまだ、桃の甘い匂いが鼻孔を擽った。

あなたはタカハルの仕事を見ようとしたこともなければ、ショコラを食べたことだってないんでしょ——あんなふうに難詰《なんきつ》されて、黙っていられない。

最初に摘《つま》んだのは、ダークチョコレートの表面をビターチョコフレークで飾りつけられたトリュフだ。

ぱくっと、ひと口で放り込む。そして奥歯でこりっと、噛んだ。

上顎と舌に押し潰され、ガナッシュと桃のクリームがとろり、溢れ出てくる。

中の濃厚なガナッシュには少し洋酒が入っているらしい。口いっぱいに桃が弾《はじ》け、滑らかなガナッシュがそれと絶妙に絡《から》む。

「わ……」

「……なくなった」

夢のように、蕩けてしまった。

凄くもったいない、でもまた食べたい。

しかし食べると確実に減ってしまう。四つそれぞれ別のコーティングが施され、同じ桃フレーバーといっても味わいが異なるのだろう。

どきどきどきと胸が鼓動する。今のチョコに何か入っていたんだろうかと、じっと箱を見下ろした。高晴のことだから惚れ薬とか、魔女から貰った甘い毒とか、妙なものを入れられているのかもしれない。

口中のチョコレートの余韻に浸りながら、もうひとつ食べてみようかと迷う。

しかし、今、全部を食べてしまうのは何かいけない気がした。誰かと舌鋒《ぜっぽう》を交わした口で、鈍色《にびいろ》の感情のまま、高晴の宝石みたいなチョコを食べるべきじゃないと思った。

平時あれだけ嫌われたいと必死に画策している男が作ったものだ。冷静に考えれば踏みにじるように食し、それを報告してやったらいい。

けれど、頼朋にはできなかった。

甘美なる桃が包み込まれた、魅惑のチョコレート。あっという間に終わってしまった夢は、たった一度で頼朋の理性を奪い、虜《とりこ》にしてしまった。


そっと『リリアン』の外から中を窺うと、にこやかに接客する高晴の姿が見えた。客の質問に熱心に答え、壊れ物を扱うように大切に、チョコのひと粒ひと粒を箱に納めている。

今朝、初めて高晴のチョコレートをひと粒だけ食べた。そうすると、それまではまったく興味がなかった『リリアン』を、外からでいいから覗きたくなったのだ。

店内には入ったことがない。どんなチョコレートがショーケースに並んでいるのかも知らない。

『リリアン』はチョコレート色の外観とは打って変わって、中は白いユリの花のように上品で可憐《かれん》な空気に包まれている。

頼朋が食べたものも、この見た目の清楚《せいそ》な雰囲気を裏切る、濃厚で情熱的な想いが弾けるチョコレートだった。

「何してるんですか」

うしろから声をかけられ、振り向いたらミッシェルが立っていた。ミッシェルは頼朋に対してつねに攻撃的な顔つきをしている。

「見学。キミに言われてから、あいつのチョコ食べてみた」

頼朋がそんな行動に出るとは予想していなかったのか、ミッシェルは目を激しく瞬いた。

「……それで、どうだったんですか」

頼朋はしばし沈思し、至極真面目に告げた。

「ユリ模様の白いレースを脱がせたら超エロティックでびっくり、みたいなチョコだった」

「さ……最低っ！」

侮辱されたと思ったらしく、ミッシェルは目くじらを立てて吐き捨てた。しかしこれが、素直な感想なのだ。クッションペーパーの下に隠れていたチョコは、宝石のように繊細で華麗で、かつ濃密で大胆なものだった。高晴の想いを呑み込んでしまった気がして、あれからずっと胸が疼いてやまないほどだ。

「ほんとになんか、どきどきした。そんなチョコ、初めてだったから」

ミッシェルは長い睫毛《まつげ》をばさばさとさせて、悔しげに顔を逸《そ》らす。

「そういう感想は、ショコラティエに言ってあげてください。きっと、凄く喜びます」

「喜ばせたくないから、言わない」

「はっ？」

目を丸くするミッシェルに背を向けて、頼朋は『チェリーレッド』に戻った。

ミッシェルはばかだ。いや、お人よしというべきか。そんなことをしたら高晴が喜ぶと

分かっているのに、本人に伝えろと言う。

「……それだけ、『リリアン』に愛情と誇りがあって、あいつのことを好きってことか」

自分に不利益でも、相手のことを優先する。好きな人が幸せだと自分も嬉しいなんてどこのおとぎ話だと、高晴を知る前の自分だったら笑い飛ばしただろう。

「建斗、ほら、初めてあいつが来たときに貰った菓子折りのチョコ、どうした？」

建斗は焼き菓子を箱詰めしている手をぴたりととめた。

「全部食った」

「ひとりでかっ」

「だってヨリは自分だけ特別バージョン貰ってただろ。ヨリのはそこに置きっぱ…………、あれ……？　ない……もしかして食ったの？」

ぽりぽりと額を掻く頼朋を前に、建斗はにやぁと笑って面白がっている。

「食ったんだ、ヨリ、あれ食ったんだ？」

「ムカついたから、一個食った」

流れで、食べた経緯を説明することになり、今朝の出来事をひととおり話し終わったところで、建斗が納得いかなげに首を傾げた。

「なんだよ」

「いや、変だなと思って。だってさ、ヨリはミッシェルに腹が立ったわけだろ？　ミッシエルの言い方がアレだったにしても、高晴ラブなミッシェルと共に高晴解脱計画のタッグ組むぐらいしてもいいはずで……。結局なんだかんだで高晴の相手してるかぎり、ミッシェルの言うとおり『本気で拒絶してない』ってことになるもんな」

「お前まで何言うんだ」

「ほんとに高晴に対してヨリがなんとも思っていないなら、高晴の気持ちを逸らすためにも、ミッシェルの恋がうまくいくようにむしろ協力とか応援すべきじゃない？」

「なんで俺がそんな面倒なこと……」

「実際、まったく功を奏さない奴隷化計画こそ煩わしい労力じゃないのか、と」

何から何まで、ものすごく鋭い切れ味の異見だ。建斗の顔を凝視する。建斗は呆《あき》れながら、同時に込み上げる笑いを抑えきれないらしい。

悔しさを堪えて、頼朋は拳を握った。

「そう……だけど、あいつ羊の皮を被った猪《いのしし》みたいにごっついツッコミ入れてくるし、ひと言ひと言がいちいち刺々《とげとげ》しいんだぞっ。あんなのとタッグ組むなんて……」

「そりゃああっちは自分の想い人をないがしろにしてる頼朋を敵視してんだから、好意的なほうが変だろう。でも頼朋がミッシェルの味方だって分かれば、軟化するんじゃない？」

「けどあいつ、いつも俺には攻撃的な態度で……！」

言い訳がループしている。

結局ろくに言い返せないうちに、建斗がさらに容赦なく正鵠《せいこく》を射った。

「指摘したら怒りそうだから黙ってたけど、ウザイキモイって言いながら高晴とヨリ、仲良しだし」

「仲良し⁉　おま……目ぇ見えてんのか」

「一緒に出勤してランチ食って晩飯食って、また一緒に帰って。その晩飯を高晴が作ることもあって、休みの日とかも高晴がヨリの部屋にけっこう出入りしてんだろ？　それで仲良しじゃないって言われましても。『奴隷化』を隠《かく》れ蓑《みの》にしてるだけだったりして」

ひどい解釈にわなわなと怒りが湧き上がるが、うまく反論できない。

返す言葉が見当たらず最終的に沈黙した頼朋のおでこを、建斗がぺちんと打った。

「ヨリは、高晴の甘さに寄りかかってるくせに『変態、ストーカー』とか言って体よく逃げて、しかも全拒否しない。これまでの十二年を、二十四年、三十六年と続けさせる残酷さについて、少しも考えてないもんな。あ、そっか、そういう温いこと一生続けたいくらい、高晴の傍が心地よくなってるってことなのかもな」

「……どっちの味方なんだよ」

頼朋は唸りながらなじる。

「変態だけど、高晴はいろんなこと頑張ってんなーって俺は思うよ。変態な部分ばっかじゃなくて、ちょっとは別の角度から高晴のこと見てやったら？　まぁ、あのチョコ食ったなら、その最初の一歩はもう自分から踏み出してんだろうけど」

　頼朋は建斗からの指摘に虚をつかれて言葉を失った。


　頼朋《よりとも》はそれまで興味ゼロだった『リリアン』のショコラティエ・由利《ゆり》高晴《たかはる》ウォッチャーと化した。徹底無視を志していた頃からしたら、百八十度方向転換だ。

　カフェの前に咲く花やブランコの座板に置いたプランターに水をやりつつ『リリアン』の様子を窺う。

　今日も撮影が入っているらしい。カメラやマイクを持った人たちが店に頻繁に出入りしている。建斗《けんと》からの情報によると、女性ファッション誌の取材がことさら多いそうだ。

　水やりが終わる頃、店の前に『リリアン』のスタッフと高晴が並び、スチール撮影が始まった。

　ちょうど通りがかったご年配の奥様方や女の子たちが足をとめ「そこのショコラティエ、かっこいいよね」とはしゃいでいる。

　でもあれ、変態なんだぞ。俺に固執するストーカーなんだぞ――と頼朋は心の中で毒づいた。

　しかし驚くべきことに、それしか反論するところがない。

高晴はつねに周囲を和ませる穏やかな笑みを浮かべていて、人に分け隔てなく適度な気遣いを見せる。撮影や何かで騒がしい日が続いた開店当初は、近所の店に顔を出してフォローしていたらしい。三茶商店街では「男前だし完璧！」と高評価だ。

撮影の人たちがはけるのを見計らい、頼朋はついに『リリアン』に足を踏み入れた。

「頼朋さん！　どうしたんですかっ？」

店内に入るのは初めてで、慌てる高晴には「ちょっと見に来た」と短く答える。

「どうぞ、何か気になるものがあったら出しますから、あ、もしかして贈り物ですか？」

高晴は、頼朋が『リリアン』のチョコを食べたがっているとは思っていないらしい。

「このピンクのカードのものが、初夏の新作です。レモン風味の爽やかなガナッシュを包んだトリュフ、ビワの果肉を閉じ込めたボンボンショコラ、ジンジャー風味のマンゴーのガナッシュ、オレンジピール入りのチョコディップもおすすめしています」

不思議といつもより心地よく響く高晴の説明を聞きながら、ゆっくりとショーケースを眺める。

「じゃあ……初夏の新作九つと、チョコディップはとりあえずプレーンにしようかな。包んでくれる？」

「僕がお包みします。あ、お代はいらないです！」

「そういうわけにいかない、ちゃんと払う」

ミッシェルが横から容赦なく「三千二百円です」とカルトンを差し出してきた。

高晴が口をぱくぱくさせている脇で、てきぱきと会計する。

商品を準備してもらう間に、再びショーケースの中を見学した。

ショコラトリーのショコラはどれも、高級宝飾店のジュエリーのように煌めいている。

プラリネ、ガナッシュ、トリュフ、タブレット、ドライフルーツやナッツをチョコレートでコーティングしたもの……しかしその中に、桃のフレーバーの、頼朋が貰ったチョコレートは見当たらない。桃の旬は夏だから、店に出すのはもう少し先なのだろうか。

高晴がチョコレートを包装している隙に、こそっとミッシェルを手招きした。

「桃のはないの？　トリュフで、四種類あって」

「……桃？　いいえ」

ミッシェルは怪訝な顔つきで首を捻っている。

ならばあれは、高晴が頼朋のためだけに作った、特別仕様の宝石――そう思うと不思議なことに、胸がすくような、じわりと滲《にじ》み出る高揚感でいっぱいになった。

「ううん、知らないなら、いい」

ミッシェルにも、誰にも、あれと同じものを食べさせたくない。

湧き上がった想いは無自覚で、頼朋はただ胸の熱さを感じていた。

建斗がじいっと、頼朋の顔を見つめている。

「でこに、にきび、できてっぞ」

「ちょっといっぺんにチョコ食べすぎちゃった」

「女子か！」

一日一個まで、と決めて『リリアン』の箱を開けたもののとまらなくなり、いきなり五個食べてしまったあとに、チョコディップに嵌《は》まってしまったのだ。

「でも、『リリアン』に桃のチョコはなかったんだよな。ミッシェルもその存在すら知らなかったみたいだし」

「――何その……勝ち誇った顔」

「あの生意気なミッシェルが最後に悔しそうに唇をむすってさせるのが、小気味いいというか、ははー」

「ほほう……ヨリは嬉しかったわけだ」

いや、嬉しいというか、優越感というか……とニヤニヤしていたら、後頭部を一撃されるような指摘をされた。

「独り占めしたくなったってことは、恋のはじまりだな」

「こっ……はぁ？　いや、だからそれはチョコの話であって……！」

「もう見てて面倒くさいから収まるところに収まってくれ」

建斗からにきびの額をペチンと叩かれる。

「なんだよ建斗、最近変なことばっかり言うなぁ……」

「せいぜい犬かきで足掻《あが》いとけ。——さて、今日こそ夏向けの新作決めようぜ」

「親友の俺が変態とホモになってもいいのかよ」

ぶつぶつ文句を呟きながら、生クリームをホイップする。

今日はカフェの定休日を利用して、夏向けスイーツの試作品作りだ。

予定しているのは『洋梨のコンポートとショコラムースを添えたクレープシュゼット』と『マンゴーのティーゼリーとフロマージュブランのパンケーキ』。

建斗と向き合って試食しつつ、「うーん」と唸る。

「なんか見た目に『きゃー』ってなるインパクト欲しいよな」

「そういえば、あっちは？　二号店の内装やり始めなきゃって時期じゃない？　結局内装はヨリがやるんだろ？」

「内壁は石膏《せっこう》ボード貼るとこまで業者さんに任せて、自分で白ペンキ塗りたいんだよな。下地がコンクリ打ちっぱなしみたいな見た目になるように、ってお願いしてる」

同じ田園都市線《でんえんとしせん》である二子玉《にこたま》に十二月、『チェリーレッド・二号店』を出店の予定だ。

物件も見つかったし、開店資金の半分を金融機関から借りることや、内装のプランも大まかに決まった。あとは細かいことを詰め、設備、食器、備品の準備はこれからだ。

試作品作りが停頓する中、同じく定休日の高晴が『チェリーレッド』に顔を出した。高晴も新作の試作中らしい。

「夏はどうしてもチョコの売り上げが落ちるので、セミドライのフルーツに少量のチョコをディップするとか、クッキー&チョコミントのバーにするとか……迷いますね」

生クリームやこってりしたイメージがあるスイーツも、同じく売り上げが落ちるので共通の悩みだ。

「さーて、天気いいし、俺は外でおひとりさまランチしてこようかな」

うーん、と背伸びをした建斗は、財布と携帯をポケットに突っ込んでいる。

「え、なんで？　一緒に……」

「邪魔しちゃ悪いもん。それに、のんびり景色でも眺めれば、なんかアイデア出るかも。ヨリも気分転換兼ねて高晴のチョコレート作り見せてもらえば？　いい刺激になるんじゃない？」

建斗の提案に、高晴がこれ幸いと「よろしければ、ぜひ！」と便乗してきた。

「適度な息抜きだって必要ですよ、頼朋さん」

「え……でも……」

それでは変態高晴の協力を得るようなものだ。それでなくても最近すっかり奴隷化計画がうやむやになっているというのに。

「ランチのあと、お互い新しいアイデアを出し合おうぜ」

建斗からの発奮を促すような提案に、それもアリかと思いつつしぶしぶ頷く。

それから『リリアン』に移動し、高晴のチョコレート製菓の様子を覗かせてもらうことにした。

雑誌やテレビ取材では、高晴の製菓の様子は映されていなかったから、一流ショコラティエがチョコを作るところを間近で見られるなんて、貴重な経験かもしれない。

「普段、外の人はお断りしてるんですが」

特別扱いで高晴から案内され、『リリアン』の商品が並ぶショーケースの向こう側――ショコラトリーの作業場に入った途端、高晴の顔つきが変わった。

いつもの柔らかさは消え、頼朋に向ける著しくふやけた表情など浮かべていない。

余計なことを話しかけてはいけない雰囲気で、頼朋はそこにあったスツールを作業台より少し離れたところに置いて座った。

製菓用のチョコレート『クーベルチュール』を数種混ぜ一度溶かしたあと、大理石《だいりせき》のテーブルで温度を均一に下げていく。風味やツヤ、滑らかな口溶けに大きく関わるこのテンパリングという作業が重要だ。

「テンパリングしながらチョコの粘り具合で温度を見極めます」

パレットナイフと三角パレットでチョコを掻き混ぜて二十七度まで下げ、再び三十二度に近づけて、手で触っても溶けない、口に入れたら溶けるという魔法をかける。スピード勝負だから、高晴も無言だ。

その溶けたチョコを中指で掬《すく》い、高晴は唇にのせて温度を測る。

真剣な表情と、両腕で力強く攪拌《かくはん》する合間のそのしぐさが妙に色っぽく映った。

テンパリングが終わったところでやっと高晴が笑顔を見せてくれて、なんだかほっと和む。肩の力が抜けて、頼朋も自分が緊張していたことに気付いた。

「これに生クリームとリキュールなどを加えて、チョコディップになります。テンパリングしたてのチョコレート、食べます？」

「食べる！」

高晴が冷蔵庫からイチゴのパックを取り出し、チョコレートフォンデュにしてヘタを摘んだまま頼朋の口元まで持ってくる。躊躇《ちゅうちょ》したもののチョコが垂れそうになり、慌ててぱくっといった。

高晴の指先が唇を掠《かす》める。

「あ……」

思わず、というような短い吐息が高晴の薄く開いた口唇から零れ、視線が交じり合った。

頼朋もどきんと胸を高鳴らせる。

咄嗟に目を逸らしても、頬がかあっと熱を持つのがとめられない。

さっき高晴の唇に触れた指だった——などと考え、ますます尻の据わりが悪くなる。動揺しつつも口中のチョコレートに意識を向け、もごもごしながら「うまい」と頷いた。イチゴの甘酸っぱさとチョコの相性はやっぱり抜群だ。

奇妙な空気に包まれた場を取りなそうと、高晴が「そうだ」と明るく切り出した。

「チョコレート細工も楽しいですよ」

「……世界一の技ってやつ？　そりゃあ見たいな」

こういうとき追い詰めない高晴に、負けたような感謝するような思いを抱きつつ、頼朋はそれにのっかる。

パレットナイフでチョコを伸ばし、薄いプレートやフリルやリボン状に整形するのはよく見るけれど、バラやユリ、繊細なレースや複雑な模様の蝶《ちょうちょう》々の細工を鮮やかな手さばきで披露されて、ただただ驚いた。

「すげー、もうすげーしか出てこない。うわぁ何このレース模様、蝶々も、巧みすぎ」

「うちはケーキやババロアなどのチョコ生菓子を扱っていないので、なかなかこれを使う機会はないんですけど」

「えーもったいない。うちのパンケーキとかにのせたら女の子がキャイキャイ言いそう」

「よかったら使ってくださいよ。あっ、頼朋さんのカフェと、夏限定コラボ的な感じでどうですか？　うちも相乗りさせてもらえると集客アップ狙えるかなーとか……厚かましいですかね……」

控えめな高晴の申し出に、頼朋は居ても立ってもいられないほどに心が躍った。パンケーキやクレープシュゼットを高晴のチョコ細工で飾れば、客も自分と同じように感嘆の声を上げ、喜んでくれるに違いない。

「厚かましくなんかない！　それ凄いイイ！」

頼朋は立ち上がり、思わずがっしりと高晴の手を摑んでいた。

形骸化しつつあった奴隷化計画はついに、高晴のグッドアイデアで空の彼方に吹き飛んでしまった。


「頼朋、すっごく忙しそうだな。お向かいとのコラボが好評らしいじゃん」

「おかげさまで」

分かっているくせに、それでも忘れられないスパンできっちり『チェリーレッド』にやってくる我妻《わがつま》はマメな男だ。今日はいつものカウンター席で、塩の効いたガレットランチを食べている。

「今夏は異例の売り上げ記録で笑いがとまらんぜ」

「……目が笑ってないぞ。たまには息抜きしたほうがいい。ドライブ行こうよ。メシ付きで、どう？」

「……あのさぁ、我妻……」

本人にも何度も伝えたことだが、足繁《あししげ》く通われても気持ちには永遠に応えられない。

「ほんとに単なる息抜きだよ、息抜き。また夜に来るからさ。返事はそんとき聞かせて」

こんな強引な言い方をするときは、我妻が勝負に出るときだ。

答えに窮していると、我妻は「ごちそうさま」とカフェを出ていった。

「もう我妻に言ってやれば？　あれじゃ生殺しだ」

横で見ていた建斗がぼそりと忠告してくる。

「言ってるけど、しばらくするとまた来るようになるんだ。基本的にいいやつだから無下にできないし……」

頼朋の言い訳に建斗はうっすらと顰笑を浮かべた。

「来る者拒まず、だけどヨリの前にはいつも古いカウンター席がある。そこはなんとなく長居しにくくて、飛び越えようにもカウンターの裏には入れてもらえない。しかも去る者追わずだ。優しいんだか冷たいんだか。ま、お友達の俺は気兼ねないスタンスで、頼朋の横にいるのがラクちんでいいけどさ。恋愛絡むと悲惨だよな、相手が」

「……ぐっさりくるんですけど」

「図星だからだろ。みんながみんな、純白のユリのお花畑に住む変態みたいに、絶対崇拝思考の従順な信徒じゃないぞ。そろそろ本気で考えろよ」

建斗が頼朋を案じてくれていることは分かっていた。かといって、これ以上どうすればいいのだ。

我妻には本当に何度も無理だと断っている。こっちだって困っているのに、相手が暴徒と化すことまで自分の責任なのか——だとしたらやりきれない。

今の頼朋には、愛に夢を見ることなど不可能だった。

「頼朋さん、こっちの壁も塗りますよ」

「あーうん、よろしく」

二号店の内装の基礎工事が終わり、白ペンキで壁の石膏ボードに自力で塗装を始めた。定休日や、店が終わる二十時過ぎから二時間ばかり。暇なわけはないだろうに「だって奴隷ですから」と高晴は自ら率先し、ペンキ塗りの刷毛《はけ》を手に脚立に登る。

その言葉に微妙な気持ちになったが、塗装はもちろん、壁面にビルトインされた吊り戸《と》棚《だな》をマスキングする塗装準備も、高晴が手伝ってくれたから実際助かった。

高晴は何をやらせても器用にこなすし、仕事が早い。マスキングのやり方も、空気浄化効果のある光触媒塗料をおしえてくれたのも、高晴だ。

脚立に登って高いところを塗装している高晴の横顔に向かって、気になっていたことを問いかける。

「いつも手伝ってもらってるけどさ、そっちの店のことは大丈夫なのかよ」

「店を放置してるわけじゃないですし、店が終わってからや、休日しかお手伝いしてません。その辺りは気にしないでください」

いや普通はその閉店後や定休日に、普段できない商品開発や外商の打ち合わせをやったりするものだ。ときどき小言を言いに来るミッシェルの話によれば、都心のデパートや駅ビルからテナントでの出店依頼があったらしい。

「なんで都心部のテナントを断ったんだ？」

「テナントを誰かに、例えばミッシェルに任せたとしても、まるっきりほったらかしにはできませんからね。せっかく頼朋さんの近くにいられるのに、三茶を離れたくありません。頼朋さんとの時間を削られるのもイヤです」

そうだろうとは想像していたが、はっきりと明言されると少なからずうろたえてしまう。なぜだか無性に恥ずかしい。

「ここの手伝いをしていることは、ミッシェルも知ってるのか」

「ええ、毎日頼朋さんと何してるんですかって訊かれたので」

夏限定コラボ商品の件もどう思っているのか。あえて話していないけれど、ミッシェルには相当恨みを買っているのではないだろうか。

しかし高晴は重要な戦力となっているので、ミッシェルに邪魔をされたら相当困る。

——邪魔って……。

ときどき自分の中に思いも寄らない気持ちが生まれる。でもそれは、かたちになる前にシャボン玉のようにぱちんと弾けて消えた。

「ちょっと休憩すっか。コーヒー淹れてきたんだ。ポットだけど」

もやもやを断ちきり脚立から下りる途中で、右足が攣ってしまった。

「……った……!」

「頼朋さん!」

「足先っ……もっ、つっ……」

声が出ないほどの痛みで脚立にしがみついてもがいていると、高晴に引き摺り下ろされた。

ブルーシートに座り、有無を言わせぬスピードでスニーカーを足から抜き取られる。

「足先と脹脛《ふくらはぎ》ですね、任せて」

ビキンと硬直している足を掴まれて「ぎゃあっ」と悶《もだ》えた。

膝を押さえ、足の先を膝の方向に曲げられて、徐々に痛みが引いていく。

「疲れてるんですよ。湯船に浸《つ》からずシャワーだけで済ませたりしてませんか」

「だってひとりだし、暑いし」

「カルシウムやマグネシウム不足も考えられますから、食生活でも注意することです。何より、立ち仕事で足腰に疲れが溜まりやすいんですよ。ついでに足裏を揉《も》んであげます」

え、いいよ、と遠慮したものの、足をぐいと引き寄せられた。

靴下が臭《にお》うんじゃないかとか気になるし、足を触られるのは擽ったいしで、冷や汗を掻いた額に新たな汗が浮かぶ——それを高晴がじっと見つめていることに気付いてぎょっとした。

「ま、またっ、変なこと企《くわだ》ててんじゃないだろうな！」

「変なことって」

「汗だよ！　汗舐めようとか……、に、臭い嗅ごうとか……」

「舐めていいですか。嗅いでいいですか」

「やだよ変態！」

摑まれた足でげしっと高晴を蹴りつけて立ち上がる。

「お前、変態もたいがいにしろ！　嗅ぐとかばかじゃね？　体臭として感知できないなら……鼻毛ボーボーで鼻孔が詰まってんだろ」

「失礼な。お手入れは万全です。でも、汗を舐めてしまったときは頼朋さんがドン引きだったので、さすがに僕も『失敗した、バレないようにこっそりやるべきだった』と反省しました」

「それ反省っていわないし」

「……その靴下欲しいな。最近、頼朋さんグッズを新たに収集できていないので」

「誰がやるか！」

呆れた。どんなに豆知識豊富で、あらゆることに達者なやつでも、変態は変態だ。しかし高晴の変態発言に一瞬カッとするものの、それはすぐに失笑に変わった。

気を取り直して、カフェから持参したステンレス製タンブラーの蓋を開けた。脚立の下段に腰掛けた高晴にそれを渡す。

「酸味がなくて優しい苦味……ブラジルのフルシティローストですか。おいしいです」

「ほんと豆と焙煎に詳しいよな」

「きっかけは頼朋さんの影響ですが、チョコの甘みとコーヒーの苦み、この組み合わせが好きなんですよね。コーヒー風味のチョコレートを秋冬の新作にしたいんです。コーヒービーンズチョコもブランデーなどの洋酒と相性がいいですし。大人の男性に照準を絞った商品です。バレンタイン商戦に向けて、いろいろ考えてるんですよ」

高晴は頼朋にチョコレートについてもよく話すようになった。仕事のことを語るとき、いつも真剣で楽しげだ。それはいっとき彼が変態だということを忘れるほど真っ当で、妙な心地になる。

はい、とタンブラーを返され、頼朋もひと口啜った。ふたりとも『コーヒーはブラック志向』でよかった。ミルクや砂糖を入れないと飲めない人もいるしな、と思ったところ、高晴が「はわわわ」と奇妙な様子で慌てている。

「なんだよ」

「か、かん……、それ……ぼ、僕に飲ませてください」

「は？　今飲んだじゃねーか」

有無を言わせず奪取され、ぐびーっと一気に飲み干されてしまった。

「お前、まだ俺ひと口しか……、あ……」

さんざん嫌悪《けんお》していた変態が口をつけたあとで、何も気にせず飲んだ自分に驚きだ。

ショコラティエモードにギアチェンジされているときの高晴があまりにも立派で魅力的なジェントルマンなので、ついガードが緩みきっていた。

高晴は間接キスに満足したらしく、「はぁふぅ」と嬉しそうなため息をついている。

相変わらず、高晴は一点の曇りもない変態だ。頼朋は唖然としつつ苦笑した。

自分はなんだかやっぱりいろいろおかしくなっている。変質者的行動に呆れてはいるものの、気持ち悪さに身震いするでもなく、しょうがないやつだと笑っているのだ。

その事実にいたたまれなくなり休憩終了を宣言したとき、「頼朋」と呼ばれて振り向くと入り口に我妻が立っていた。わりと温和な男なのに、その相貌に不機嫌が滲んでいる。

「ここにいるって建斗に聞いた。……夜にまた来るって言ったのにさ」

すっかり忘れていた。でも我妻のほうも話を聞こうとしなかったのだ。

「ごめん。言おうとしたら、我妻がぴゅって帰っちゃったからさ」

「じゃあ待ってる」

「でもあと一時間くらいはやりたいし」

「終わるまで待ってる」

今日の我妻は強引だ。きっと一時間でも二時間でも、外で待つと言うのだろう。

頼朋が我妻に歩み寄ろうとすると、高晴から腕を摑まれた。

じわりと込み上げるものを感じ、腕に添う高晴の手を頼朋は静かに見つめた。

行かないで——高晴の目がそう言っている。

我妻と話すのだから、ほどくべきだ。しかし高晴はますます放すまいとしている。

結局、頼朋は高晴の手をそのままに、まっすぐに我妻を見据えた。その様子に我妻は眉間をくっと狭める。

「我妻……もう何度も言ってきたことだけど、……ほんとにごめん。今度こそ、ちゃんと他にいい人を見つけてく……」

「いくつか出会いはあったけど、それでもやっぱり俺は頼朋がいいんだ！」

聞きたくないというように途中で反駁《はんばく》してきた我妻の想いが胸に痛い。だがそれでも頼朋は続けた。

「今まで誤解させたり期待させる言動は、してこなかったつもりだ。でも、店にも来てくれる我妻と気まずくなるのがいやで曖昧な返事をしてきたことは悪かった。真剣な我妻に対して誠意がなかったよな。凄く反省してる」

これまでは「無理だから」とか「ごめん」とごく短く断ったり、気まずさに目を逸らしたり、我妻の告白を遮って「今忙しいから」と逃げていた。当たり障りなく、波風を立てまいと、うやむやにしていた部分もある。

だけどもう、未練を残す逃げ方はせず、真摯に自分の気持ちを我妻に伝えなければ。

「だから今日はきちんと言う。これから先も俺にとって我妻は、恋愛の対象にはならない。我妻の想いに、俺が応えることはできないから」

途中で声が震えてしまった。急激に血温が下がる。どんなに言葉を選んでも、相手を傷つけてしまうのがつらい。胸が重苦しく詰まる。

すると、頼朋の変調を察した高晴がまるで励ますように、掴んでいた腕に力を込めた。

頼朋を気遣わしげに窺い、小さくひとつ、瞬《まばた》きをする。

大丈夫、ちゃんと伝わります――そんなふうに高晴が心強さをくれた気がした。

「……あ……そういうこと？」

その呟きに頼朋はハッと振り向いた。我妻は険しい表情で深い嘆息を漏らす。

「仕事絡むと、仲良しなだけじゃ行き詰まるぞ。……なんて、大きなお世話か」

「……え？」

我妻の言わんとすることが咄嗟に理解できず、我妻の次の反応を待ってしまった。

しかし、我妻は眉間の辺りを掻きながら踵《きびす》を返して出ていき、そのあとすぐに車の走り去る音が響いた。

我妻の独白をリプレイし、ようやく合点する。

高晴の腕をほどきもせず「我妻の気持ちに応えることはできない」と断言したのだ。見つめ合う姿が親密で、特別な意味があるように映ったのかもしれない。それに、高晴に店の塗装を手伝わせたり、何やかやと言いつつ高晴と過ごす時間は長い。我妻もそれは知っている。だから高晴との仲がついに進展したと誤解したのだろう。

しかしそういう誤解でもって、我妻が今度こそきっぱり諦めてくれるなら、追いかけてまで否定することもないんじゃないか。いや、むしろ、そう誤解されても構わない。

思わぬ展開に情けない苦笑を浮かべて俯けた顔を上げたとき高晴から肩を押され、ごつんっ、と頭と背中を壁で打った。

「……った！」

塗りたてのペンキがっ——と壁に気を取られた瞬間、むにゅっと、高晴の唇が、唇に押しつけられていた。

目の前に、高晴の閉じた瞼《まぶた》や長い睫毛がある。

なぜこうなっているのか。混乱のまま引き剝がそうと試みるも、抵抗するとますます壁と高晴に圧迫された。

力強い腕がツタのように絡みつく。動かせるところなど眸しかなくて、しかしそれもどこに焦点を合わせたらいいのか分からない。

どうしよう、どうしよう、どうしよう——ぐるぐるしていたら、高晴の力が少し緩み、吸いつかれていた唇も離れた。

「頼朋さん……」

甘ったるい声で名前を呼ばれ、返事もできずに至近距離の高晴をこわごわと窺う。高晴は熱に浮かされた面持ちで、今にも再びキスしてきそうだ。

「ちょ、ちょ、待て、何、なんなんだ急にっ」

慌てて背中をチェックしたが、すでに壁のペンキは乾いていたらしい。

「頼朋さん……嬉しいです。我妻さんに向かって、僕との交際を宣言してくれたんですね」

「は？」

さっきの何をどう聞いたらそんなことになるのか。

『我妻の想いに、俺が応えることはできないから』——たしかにそう言った。しかし高晴と想いを通わせたことなど一度もないし、誤解させるような思わせぶりだってしていないはずだ。むしろ奴隷化していたし、本人も『奴隷です』と認識していた。

しかし、我妻が勘違いしたことで、高晴までもが「いつの間にかそういうことになってたのか」と解釈してしまったのだ。

「ち、違う！　違うから！　勘違い……するか普通！」

「勘違い？」

「あれはっ、だから、我妻が勝手に誤解しただけで！」

「で……でも、頼朋さんは僕の手をほどかなかったじゃないですか」

「おいおい、そもそも放さなかったのはお前だろ？　てっきり励ましてくれてんのかと思ってたから、そのままにしてたら我妻が誤解して、否定する間もなく帰っちまったんじゃねえか……！」

しかし、それで完全に諦めてくれるなら幸いと、我妻がいなくなってから狡《ずる》いことを考えたのは確かだ。

「……ごめん、謝る」

そんなつもりはなくても、高晴の手をほどかなかった。なりゆきとはいえ、高晴からしたら利用されたようなものだ。さっきは「勘違いするか」と責めたけれど、高晴まで一緒になって誤解してしまうのも無理はないのかもしれない。

高晴は「そんな……そんな……」と繰り返し、唇をガタガタに震えたへの字にした。

泣きだささんばかりに顔を歪めて詰め寄られる。高晴のその悲痛な表情を目《ま》の当たりにして、頼朋はまいったなと頭を掻いた。高晴まで傷つけるつもりは毛頭なかったのだ。しかし配慮に欠ける行動だったから、そこのところは大いに反省する。

そんな猛省の途中で、両腕をがっしり掴まれた。

「ひどいです頼朋さん……！」

「も……痛いって！」

「ひどいです頼朋さん！」

「あれは俺が悪かった。ほんと、ごめん。お前が思い込み大王ってこと、忘れてた」

「それ反省してる人の言い方ですかっ！」

「だからマジで、俺が悪かったってば……ほんとに、ごめん」

「ひどいです、ひどすぎます。初めてが、あなたに騙《だま》されてしたキスだなんて」

「お前が勝手にしたんだろーがっ！　こっちだってなんでお前とキ……」

ヨヨヨヨ……と咽《むせ》び泣《な》きでもしそうな勢いの高晴の台詞に、ふと引っかかった。

「初めて？　初めてって？　え？」

「そうですよ、生まれて初めてのキスだったんです。なのに頼朋さんが……！」

「はっ？　初めて!?　キスが初めて!?」

「だから初めてだってさっきから言ってるじゃないですか！」

顎が外れそうなくらい驚いて後ずさりし、再び壁にぶち当たった。

あり得ない言葉を頭がスルーして、『頼朋さんとのキスが初めて』と言っているのかと自己完結していたのだ。

「お前二十五だよな？　えっ、まさかお前……ユリの花壇に潜むチェリーなのっ？」

「あなたが僕の初恋なんです。思春期到来の頃にあなたを好きになった僕ですよ。そんなの当然じゃないですか」

高晴は純情を踏みにじられた上に心外な質問をされたと、不満げな顔をしている。

「嘘だろ……。うわ……何この罪悪感」

初恋から続く片想いだからキスすら未経験の童貞って……極端だ。見るからにモテそうだし、それはそれ、これはこれとして、やることはやっていると勝手に思い込んでいた。

「つい最近までフランスにいたよな？　セックスとワインの国に長年いたのに……お前フランスじゃ案外モテなかったの？」

「頼朋さんが相手じゃないなら、童貞のまま妖精になる覚悟です」

「何さらっと綺麗なモンに生まれ変わろうとしてんだ、厚かましいな」

「頼朋さん以外の人が僕についてどう思ってるかなんて、僕の知ったことではありません。頼朋さんとしかしたくない。その場しのぎも興味ない、代替もいらない。たかがキス、たかがセックスって笑う人もいるけど、僕は頼朋さんとしか考えられないんです。頼朋さんだけを想って、純潔を守り抜いたんです……！」

　誘惑に見向きもせず、片想いであっても己の恋情を貫き通す——その熱源はいったいどこからくるのだろう。

「……キ、キモ重いし」

　口ではそう嘯《うそぶ》いたが、完全に胸を打たれていた。

　十二年もの想いがいっこうに冷めやらぬゆえの、これまでの奇想天外な変態ストーカー行為を知っているから、高晴の言葉に嘘・大げさ・紛らわしい装飾はないのだろうと確信を持てる。

「凄い、としか言いようがないな。そっか……初めてだったのか」

　随分知っているつもりだったけれど、まだこの男のことを何も分かっていないのかもしれない。

　あまりに奇矯《ききょう》で一途《いちず》な男。ここまで想ってくれているのに、その初キスがさっきのアレではさすがにかわいそうだ。

「……ちゃんとしたの、やり直そうか？」

「え？」

　目を瞠らせた高晴の顔を両手で摑んで引き寄せ、唇を押しつける。

　猫だましみたいなキスに、高晴は再び「えっ」と瞬きした。

「なんだよ」

「あ、あ、あああ、あっという間すぎて」

「不満かよ」

「不満とかじゃなくて、……頼朋さん……」

高晴は茫然とした様子で喘《あえ》ぐように頼朋の名を呼ぶ。

「もいっかい……」

「駄目」

「お願いです、もう一回。僕にさせてください」

「やだ」

拒否を口にしながら、自分が本気で嫌とは思っていないことに、ちょっと笑ってしまった。

この男はすぐに調子にのるし、勝手な解釈で補完する。自身の純潔は貫くという片想いの厳しい規律はさておき、一回許されたら百回許されたも同じなんて、こんなときだけ臨機応変になって真顔で言いそうだ。

「もう二回しました。五回も十回も一緒です」

「出たほら。すぐそうやって『俺様法律』振りかざそうとする。い・や・だ」

「頼朋さん……」

優しく呼ばれて、そっと上目で窺うと潤んだ眸とぶつかる。

今にも泣きだしそうな切なげな顔——だから慰めようとしたのか自分でも説明できないが、高晴の頬に思わずもう一度手を伸ばした。それを高晴は拒絶と受け取ったのだろう。指先が届くより早く、逆にぐっと腕を掴まれ……

「……好き」

その囁きごと唇を押しつけられた。

目は開けっぱなしで、高晴の滑らかな頬を見つめる。

触れ合った肌はさらりと冷たく柔らかだ。

高晴の長い睫毛がふるりと震えるのを目撃してしまい、どきんと胸が鳴る。瞼が緊張しているのが見て取れ、懸命でぎこちないキスと相まって、なんだか可愛く映った。

同じ男なのに不思議なことに嫌悪感がない。いや、そんなことより、変態だストーカーだと無視したり足蹴にしたりしていた男とのキスを、自分が受け入れていることに驚きだ。

高晴は、頼朋が本気で嫌がることを何度もしない。傷つけるつもりもない。つまり自分が本心ではキスを拒否していないと、高晴に伝わっているのだ。

ゆっくり唇が離れて、少しほっとする。何かよく分からない事態に対する恐怖心があった。しかし解放されるどころか、高晴の腕が腰に回ってくる。

「え……ちょ……」

「好き……好きです。堪らなく好きです。もしもあなたにこんなふうに触れられたら死んでもいいって思ってたけど、今はもっと、もっと触れたいって……」

顔を寄せられそうになり、咄嗟に顎を引く。輪郭を覆うかたちで高晴の手が添えられ、頬骨から頤《おとがい》を指で緩やかに撫でられた。

喉の奥が震え、ろくな抵抗もしないうちに再びキスをされる。

なぜこの男のことを、徹底的に拒めないのだろうか。我妻と、この男のいったい何が違うのだろう？　我妻のほうがよっぽど常識人なのに、どうして我妻じゃ駄目なんだろうか。いや、我妻が駄目なんじゃなくて——……

認めたくない方向に思惟《しい》が蛇行してゆく。水の膜を張ったように視界がぼんやりと滲み、思考力は薄められてしまう。

チョコレート細工を扱っていたあの繊細な手指が、今は頼朋の耳殻を擽っている。その冷たさにびくんと背筋をこわばらせると、腕で胴部をしっかりと引き寄せられた。同時に唇を優しく啄《ついば》まれて首の力が抜けてしまい、高晴の手のひらで後頭部を支えられる。

お菓子を飾る甘いアイシングみたいに、驚くほど全身が柔く蕩けていた。

関節にまるで力が入らない。腑《ふ》抜《ぬ》けになっていることに羞恥が湧き、胸の奥が捩《よじ》れる。

そんなの違うと否定したい、こんなの変だと思う。男同士、相手は変態ストーカーの高晴だ。さっきから何度もそう頭では巡っているのに、殴りつけてまで抵抗する気にならな

い。むしろ、それでまた純粋すぎる男を傷つけることのほうがつらい。

「好き……頼朋さん、好きです」

「分かっ……」

唇だけではなく、頬も瞼も小耳にもキスされて、たったそれだけで腰が抜けそうになる。

重なった唇や耳孔にも「好き」と囁かれ、身体の中に高晴の熱が入ってきて、背筋がぞくぞくとわななないた。

もうやめてほしい。今起こっていることは、普通に二十七年を生きてきた自分の想像の域などとうに超えている。

訳も分からないまま、いつの間にか縋《すが》るように高晴のシャツの小脇を掴んでいた。

高晴に支えられなければ、自立できない軀体《くたい》。

薄い皮膚に触れるだけのキスに、頼朋はどうしようもなく感じてしまったのだ。

「や……いや、だ、放し……」

「放さないです。誰にも、やらない。他はいらないから、頼朋さんだけが欲しい」

「ほんともう……放せ」

頭を高晴の胸元に潜り込ませて、どうにかキスからは逃れた。これじゃあ離れたことにならないけれど、判断力を完全に奪うキスの愛撫《あいぶ》からは解放される。

ほっとしたのもつかの間、ぎゅっと抱きしめられた。

「震えてますね……ごめんなさい」

言われなきゃ気付けないくらい、頭がぼぅっと霞《かす》んでいた。


人に説明できないような、とんでもないことをやらかした。

あれから二号店の塗装どころではなくなり、ふたりでマンションへ帰ったのだが、隣り合う玄関口で解錠しながら、ふと頼朋は高晴のほうを窺った。

どんな顔をしていたか自分でも分からない。高晴は鍵を挿し、熱っぽい眸でこっちを見ていた。うっかりしているとまた、ろくな抵抗もしないうちに搦《から》め捕《と》られてしまう。咄嗟に「おやすみ！」と玄関に飛び込んで施錠した。

寝てリセットしよう。次に目覚めたらいつもと変わらない日常がやってくる——どきどきと心音がうるさく響く胸を、それで静められるわけもないのに撫でさすった。

翌定休日は、溜まった洗濯と掃除、その他諸々、雑務に一日を費やした。昨晩のことは、あえて考えまいとしていた。

そして休みが明けた今朝、何食わぬ顔で高晴と一緒に店へ向かい、ランチタイムに高晴がやってきて、とくに何事もなく一日が終わった。高晴の態度は普段どおり。キスしたからといって、ふたりの関係が特別に変化するものではないことにほっとする。

店の片付けが済んで、さてそろそろ帰ろうかというときになって、建斗から「ちょいちょい」と呼びとめられた。

「これ、やる」

建斗から金色のプレゼントシールが貼られた紙袋を渡され、訳も分からず受け取った。

「え、何？　クリスマスも俺の誕生日もまだ先……」

「これはまぁ、俺からのささやかなお祝い。ご笑納ください」

「なんだよキモイな。こんなことしたことないじゃん。てかなんのお祝いだよ」

おもむろに紙袋を上から覗き込む。箱が二つ入っていて、縦長のものを最初に摑んだ。

「……化粧品？」

正直、それを初めて目にしたから、なんなのかピンとこなかったのだ。もうひとつを取り出して「えっ」と声を上げた。

「なんで……ゴム」

「セーファーセックス、大事」

「意味分からんのだけど」

「ゴムの前にオイル系は使っちゃ駄目らしいぞ。ゴムが溶けるから」

「…………」

左手に持ったままの縦長の箱をいま一度じっと見つめる。

「幼なじみのキミから、なんで俺がエッチなローションを貰わなきゃならんのだ」

「定休日前の夜、おなか空かせて二号店の塗装を頑張ってるふたりのために、差し入れ持って二子玉の店に行ったんだよ、俺」

休みの前日――つまり、二号店に我妻が来たあと、高晴とチュッチュしてしまった夜だ。

「えぇっ、えっ、ち、ちちちちがっ……」

「あーもうハイハイ、みなまで言うな。そりゃ照れちゃうよな。幼なじみの俺に目撃されちゃったとか、ケツから花火噴きそうになるだろうけど、見ちゃったものは見ちゃったし。とにかく切れ痔《きれじ》と病気にならないようにしろよ。ハピリーエバーアフター☆」

「人の話を聞けっ」

「ヨリの言い訳うんざり。男だろ、見苦しいぞ」

朝、そ知らぬ顔して高晴と一緒に来たことも、忙しいランチタイムに高晴から「今日も額の汗が素敵です頼朋さん」なんて言われて「黙れ変態」といつもどおりに言い返したことも、あれを知られた上で観察されていたということか。

「俺は生ぬる～い気分で今日一日黙して見守ってたんだ。『あんなこと言っちゃってるけど、お前らデキてんだろ～』ってな。あー面白かった」

「最低だ、辱《はずかし》めだっ。いや、そもそもデキてないし！」

「おおっと聞き捨てならないな。遊びで男、しかも高晴だけはやめろよ。あいつ、今お前に遊びだなんて言われたら死ぬぞ」

「違うんだって！　あっちも、それは分かってると思う。今日だって普通だったし……」

相変わらずな変態発言も、態度も、ほんとに普段と変わらなかったのだ。

「男心の読めないやつだな。そんなもん無理してるに決まってるだろ。迸《ほとばし》らんとする欲望を抑えつけるために、アーッて、カウンターの下で太腿《ふともも》に拳をめり込ませてたかもしんないだろうが」

「こっ、怖いこと言うなよ」

「ヨリの気持ちも分からんでもないよ。十メートルの高さから水面にダイブしろって言われたらそりゃ足が竦《すく》むよな。でもほら、そんなときのために、このセーフティーグッズが役立つ……」

そのときドアベルが響き、高晴が「頼朋さん、帰りましょう」と顔を出した。

大慌てで紙袋にグッズをしまうと、それを建斗がバッグに押し込む。『いらない！』と口パクで建斗を睨めると、「グッドラック！」と親指を立てられた。

そしてその帰り道、バッグをやたら大事そうに抱えて歩く頼朋の隣で、高晴が怪訝な顔をしている。手荷物にラブグッズを詰め込んでいるなんて、今強盗に遭ったら被害届も出せずに泣き寝入りだ。

「……頼朋さん？　どうかしたんですか？」

建斗からの余計な気遣いのせいで、高晴の一挙手一投足にも敏感に反応してしまう。高晴の手が自分に向かって伸びてきただけでビクッと肩が跳ね、並んで歩くのすら緊張するのだ。

「なんでもない」

ランチタイムまではいつもと変わらずな態度だったのに、頼朋の不自然さに気付いた高晴が急にそわそわし始めた。

「もしかして、あの……一昨日の夜のこと……。今朝会ったときも頼朋さんは普通に接してくれたので、怒ってないのかなって思ってたんですけど……」

「きき気にしてないよ、べつに。あんなの、ちょっと、しちゃっただけだし」

「頼朋さんの部屋で晩ごはん食べてもいいですか？」

いきなりの話題変更とその内容に「えっ⁉」と声を上げる。

「昨晩から煮込んでおいたものがあるんです」

ここで拒否すれば『気にしてないよ』が嘘になってしまうとか、でもあんまり一緒にいると、普段どおりにすべきとの緊張が高晴に伝わるんじゃないかとか、余計なことを考えている時点でアウトだ。

休みのうちに、もうちょっと真面目に熟考しておくべきだった。具体的な結論を出すことや、煩悶《はんもん》そのものから逃げていたツケが回ってきたらしい。

そうして帰宅後、高晴が作った煮込みハンバーグを食べているうちは、悩みにおいしさが勝っていたし、高ぶっていた気分もいくらか落ち着いた。

食事が終わり、相変わらず奴隷モードの高晴が後片付けをしてくれている間に、頼朋はコーヒーを淹れた。食事中に何度も、今日も忙しくて疲れたアピールをしたので、あとはおとなしく帰ってくれたらいい。

「コーヒーオイルが薄く浮かぶ……フレンチローストですか、おいしいです」

「食後だし口の中さっぱりしたいかなって」

ソファに座り、いつもどおりといえる空気の中でくつろいでいたら、高晴が『リリアン』の箱を頼朋に差し出した。

「夏季限定の商品が終わりなので、よかったらどうぞ。頼朋さんはシトロンが好きでしたよね」

箱の中身は、ビターチョコレートがディップされた、シロップ漬けのバレンシアオレンジとシチリアレモンの詰め合わせだ。

「セミドライフルーツのホワイトチョコがかかったやつも好きだった。あれ、完売するの早かったもんなぁ」

「頼朋さんに僕のチョコレートを気に入ってもらえるなんて……夢みたいです」

かつてヘッドバットで芝生に沈めた男は、今では世界一のショコラティエだ。その男が隣に腰掛けて自分が淹れたコーヒーを飲んでいる。巡り合わせとはいえ、どうしてこうなった、と頼朋も少し笑った。

「あー……黙ってたけど、あれ、食った。初めて店に挨拶に来てくれたとき貰ったやつ。桃のチョコレート」

「えっ！　ほ、本当ですかっ」

途端に高晴があからさまに目を輝かせる。感想を聞きたかっただろうに、頼朋はずっと報告していなかったのだ。

「一個だけな」

「一個……お口に合いませんでしたか……？」

「食べたらなくなるだろ。あんまりおいしくて、もったいなくて、食べてない」

「ほ、ほんとですかっ……」

高晴の眸がうるうるしている。大げさなくらいの反応がおかしくて頼朋は噴き出した。

「貰ってすぐ食べればもっとおいしかったんだろうけど、ごめん、ちょっと時間経ってたんだ。それでもマジおいしかった。口の中いっぱいに桃と、薄く洋酒が香って、なんかどきどきするチョコだったな……」

冷蔵庫から、そのダークブラウンの箱を取り出す。上蓋を開けて、クッションペーパーを除くと、残り三つ、チョコレートの宝石が並んでいる。

「でもさすがにそろそろ食べないと、桃の風味も飛んじゃうよな」

「……じゃあ、僕の前で食べてください。今、食べてください」

「今？」

「見ていたい」

高晴はソファから立ち上がり、頼朋の前に移動すると、すっとフローリングに膝をついた。従順な奴隷のようなポーズで高晴が見上げてくる。

「えっ、そこから見るのっ？　なんかハズイんだけど……」

「食べてください」

下方から切なげな顔でお願いされ、頼朋はしぶしぶ、中のひとつを指で摘んだ。

ホワイトとダークチョコレートの二層コーティングにシュガーパウダーを纏ったトリュフ。噛むと桃風味のミルクチョコレートが口内に広がって、最初に食べたものとは違うおいしさだった。

「ん、おいしい、凄く。溶けた」

「もうひとつ……」

「にきびできて建斗に笑われるっつーの」

高晴が箱を持ち、食べて、と差し出してくる。仕方ないなと、またひとつ取って口に運んだ。高晴はねっとりとした視線を逸らさず、録画でもしているかのように瞬きすらしない。目の前で視姦《しかん》されている気分だ。その面はゆさが、チョコのおいしさに攫《さら》われる。

「わ、これ桃の紅茶だ。ヤバい、いちばん好きかも」

「中はティーチョコレートのガナッシュです」

「お前が食わすから、もうこれで終わりじゃん」

ひとつだけ残してもなぁ、と手を伸ばしたら、先に高晴に奪われてしまった。

「僕が、食べさせてあげます」

「……やだな、なんのプレイだよ」

頼朋の言葉など耳に入らないのか、高晴は頼朋の口元と、そこに近づけたチョコレートしか見ていない。

下唇につるりと艶めく冷たいチョコの表面が触れると、なぜか鎖骨の辺りが粟立《あわだ》った。体温がじわりと上昇し、どきどきと胸が騒がしい。情熱的に見つめられたまま、キスしている気分だ。

食えば終わる、と思って、頼朋はそれをぱくんと食べた。最後は、ホワイトチョコレートにピンクのマーブル模様、キャンディシュガーが飾られたトリュフだ。

「ガナッシュで包んだのは白桃ピューレです」

「いちばん桃が強いかも。うん、これも凄くおいしい」

立て続けに桃のチョコレートを三つも食べてしまった。チョコレートと桃で、口の中が幸せの洪水になっている。高晴は相変わらず頼朋を凝視して動かない。

「瞬きしろー、顔が怖いって」

「……いいですか」

「え？」

「舐めていいですか」

何を？　と聞き返す間もなかった。

それまではおとなしく跪《ひざまず》いていた高晴が突如ぐっと伸び上がり、頼朋の唇をべろりと舐めたのだ。

「は……」

両肩を摑みソファの背もたれに押しつけられた。何か言葉を発する隙を与えまいとでもするように塞ぎ、高晴の舌が口唇を擽る。

高晴が舐め取っているのは、唇の小さなしわや乾燥した皮膚に残ったチョコレート。キスではなく、動物の親が子の口元を拭うのに似ている。

「甘い……おいしい」

「ちょ……やめろ……」

自分で作っておいて自画自賛か、と頭の隅で突っ込む余裕がまだあった。

高晴の舌は大胆に動き続け、無遠慮にも口内に潜ろうとする。顔を背ければ頭部をがっしり押さえつけられ、ますます深く入ってきた。

前歯の上下だけにとどまらず、頬の内側にも艶《なま》めかしくざりざりと這《は》い回る。

「ふ……や っ……」

抵抗など、もう手遅れだった。

頼朋が抗《あらが》えば抗うほど高晴が上から圧をかけてきて、ついに馬乗りの状態になった。親子が行うグルーミングだなんて、とんだ間違いだ。まるで肉食獣に食われているかのように足が竦み、慄然とする。

舌下をこそぎ、そこに溜まった唾液を飲まれて朦朧《もうろう》となった。歯の裏側、上顎と、口内に残ったチョコレートをすべて舐めつくすつもりなのか、縦横無尽に動いている。

搦め捕られたものを甘ったるく嚙まれて、背筋がぞくぞくとわななないた。掻き回され、嚥下されて、腹の底がじわりと熱くなる。

「頼朋さん……」

恍惚《こうこつ》とした相貌で名前を呼ばれ、酩酊《めいてい》した面持ちで高晴を見上げた。最初抵抗していた腕は、今は力が抜けてだらんとソファから落ちている。

「好きです……好き、頼朋さん」

うっとりしている場合ではない。

再び顔を近づけてくる高晴の肩を、頼朋は両手でドンと突いた。高晴は瞠目しているが、それを気遣う余裕などない。

「……か、帰れ」

「頼朋さん」

「帰れ！　とにかく、離れ、ろっ……！」

ろれつが回っていなくてびっくりした。

高晴の目が悲しげに揺らめいている。渾身《こんしん》の力で高晴を引き剝がし、ソファから転がり落ちたところで、高晴に背を向けた。

「帰れ、マジで。なんべんも言わせんな」

頼朋の身に、とんでもなく恐ろしいことが起こっていた。

玄関ドアが閉まる音を聞きながら、恐る恐る、脚の間を覗く。へたり込んだ下肢の付け根が熱をおび、ずきずきと痛い。

見るまでもないことだったが、頼朋はそれを目視するまで信じたくなかったのだ。

口内のチョコレートを舐めつくす変態・高晴のキスで、頼朋は勃起していた。

このままでは変態ストーカーとお花畑でランランすることになってしまう。

いい悪いの問題ではない。ゲイに偏見はない。だが当事者となれば話は別だ。これまでの常識を覆《くつがえ》す事態に直面したら、誰だって動揺せずにはいられないだろう。

「絶対、建斗《けんと》、お前のせいだ。お前がこんな変なモン渡すから……！」

「どんな責任転嫁《てんか》だよ。勃ったのはヨリのチンチンだろうが」

「返すっ」

「俺に返されても」

頼朋《よりとも》と建斗の間では、コンドームとラブローションが行ったり来たり。

「せっかくのお祝いなのに、失礼だぞ」

「こんなもん渡すお前は無礼じゃないのかよ。だいたいお祝いってなんだよっ」

「分かった、じゃあ高晴《たかはる》にくれてやる」

「ややややめてくださいっ、それだけは！」

突き返せなくなり、胸に二箱を抱える頼朋を見て建斗は肩を震わせている。

「それ使って、やってみりゃいいだろ、とりあえず」

「とりあえずやるって発想の持ち主だったか？」

「男との恋愛だろ。ハードルは飛ばなきゃ駄目って誰が決めた？　ここはひとつ、くぐってみろよ。普通の定義を当て嵌めなくてもいいかな、くらいの柔軟さも必要なんじゃない？」

「ちゃんと考えろって言ったり、やってみろって言ったり……お前、他人事だと思って適当なアドバイスしてんじゃねーぞ」

「俺はヨリの口から、高晴のキスがヤだったとはひと言も出てこないことに、あらためて驚いてるんだけどな」

「ヤだったってば！」

「気持ちよーくなっちゃって、とろとろにされるのがヤだったんだろうが。ごまかすな」

建斗はときどき、ぐっさりばっさり容赦ない指摘でもって頼朋を反論不能に陥《おとしい》れる。

「お前、嫌い」

「俺はヨリ、好き」

にっこり笑われて頼朋はむぐむぐと唇を噛んだ。

「男相手にアグレッシブになれって言われてもさ。しかもあいつ変態だぞ。強粘着性のストーカーで、病的なまでに俺に執着してんだぞ」

「愛っていうのは、『執着』につけた綺麗な呼び名だっていう人もいるからな。ヨリも、高晴のそれを愛って呼べばいい。ようは、気の持ちようだ」

「おいおい、最後はとくに解決策が見出せないときの常套句《じょうとうく》かよ」

どれほど傾いているか気付くのも、答えを出すことも、怖いから逃げるのだ。

今日は高晴と顔を合わせにくくて、普段より二時間も早く『チェリーレッド』に入った。

何か気まずいことがあるたびに、いつも使う手だ。

ランチは高晴が来なかった。ランチをとる間もないほど忙しい日もあるし、それは別段不自然ではない。しかし、こうなったらなんとなく夜も会いたくないと頼朋は意固地になった。

早めに店を上がって、ひとりで二号店の塗装をする。

ひとけのない静かな店に、ペンキと刷毛を持ってぽつんと立つと、なんだか胸がずきずきとした。昨夜、帰れと追い返したのは自分なのに、今は、なんで来ないんだと理不尽な文句を叫びそうだ。

まだ塗装が済んでいない壁を見上げる。

頼朋は高所恐怖症で、低めの脚立しか上がれない。それをわざわざ申告せずとも、天井に近いところは高晴が率先して塗ってくれていた。十二年にもおよぶ頼朋リサーチで苦手なこと、好きなもの、嫌いなもの……すべて知られているのは凄くラクだ。高晴はつねに頼朋を気持ちいいところに立たせてくれる。

上げ膳据え膳のご奉仕なのだから居心地がいいのは当然だろう。高晴の優しさに甘えて感じる心地よさと、恋愛感情との境目が頼朋には明確に分からない。

「頼朋さん」

高晴の声にハッとした瞬間、足元にあったペンキの缶を蹴り倒してしまった。青いビニールシートに転がる缶の持ち手を慌てて摑んだせいで、手にべっとり、ペンキがつく。

いつもは、ビニール手袋を必ずつけるようにと高晴に言われてそうしていたのに、こんなときに限って素手だ。

「もう、……最悪」

「大丈夫ですか！」

高晴は「任せてください」と洗面台に置いていたメラミンスポンジに無添加石けんをつけて、汚れた部分を擦《こす》り落としてくれた。

「肌についたペンキは、ラッカーとかのクリーナーじゃなきゃ落ちないって思ってた」

「身体に良くありませんしね。はい、綺麗になりました。よかった」

ほっと微笑む高晴の顔をじっと見入る。頼朋の視線に気付いても高晴は愛《いと》しげに目を細めてみせた。

「昨晩は、すみませんでした。……ブレーキ利かなくて」

「そもそも一度だって、自分でブレーキなんてかけたことないだろうが」

「そうですね。それに、どうして僕の頭や目には録画機能がないんだろうって、帰ってそればっかり考えてました。思い出しながら、日記には書けたんですけど」

反省の内容も斜めにズレている。日記のことは内容的に恐ろしいから触れたくない。

ぶちまけたペンキの掃除を高晴も手伝いつつ、今日ランチに来なかった理由を話し始めた。

「我妻《わがつま》さんが来たんです」

「我妻が？　何しに？」

「頼朋さんと付き合ってんのかって。だから……違うって答えました」

「は⁉　そ……」

呆れた。我妻の件が、これで再び振り出しに戻ってしまったかもしれない。

我妻が誤解してくれたおかげでライバルがひとり消え、高晴にとっては結果的に好都合だったはずだ。

「嘘で蹴落としても、意味ありませんから」

「何余計なことしてんだ。勘違いだったとしても、それで我妻がきっちり諦めてくれたら丸く収まるだろうが」

「……ごめんなさい。でも僕だって、付き合ってるなんて嘘はつけません。頼朋さんにとって、僕と我妻さんは、片想いしているという部分で同列。だからフェアであるべきです」

「ばかだなお前……。フェアうんぬんの前に、俺はお前に、我妻と競い合ってほしいわけじゃない。我妻にも言ったとおり、俺は我妻を受け入れるつもりがないんだからな。ずっと前からその考えは変わらない。そもそもあんなまともなセレブ男、真っ当な道に戻るべきなんだ。俺じゃなくたって他にいい人見つけるだろうし。事実、今までだってそうだった」

高晴と我妻は、最初から決定的に異なる部分がある。

「我妻と違って、お前は俺じゃなきゃ生きてけないだろ。そんないかれたお前が、我妻と同列に立ってるわけがない。例えば俺が、十年後に女の子と結婚して子供つくって幸せに暮らしていても、お前はマンションの隣に住み続けるんだろうな。でも我妻はちゃんと別の恋人見つけて新しい幸せ摑むだろうよ」

「……僕は……十年後だって、あなたの傍にいたい」

永遠に傍にいるよなんて、高晴以外が言っても頼朋には響かないのだ。

「俺は我妻の言う『好き』が、本心から信じられない。どうせその気持ちも、いっときすれば別のほうに向いちゃうだろって」

「それじゃあ……僕の気持ちなら信じられる……受け入れてもいいってことになります」

「受け入れてもいいとは言ってない。今は我妻の想いは受け入れられないって話をしてるんだろうが」

「じゃあどうして僕と……キスするんですか」

ベクトルを変え、鋭く核心を突く質問に、頼朋の眸が揺れた。

「僕がいつも強引で、我妻さんが無理強いしないからってだけですか」

ゲイに偏見はなくても、自分が受け入れるのは別問題だ。

「我妻が無理やりそんなことしてきたら、心置きなく縁を切れると思う……」

「じゃあ僕を許したのはなぜですか。僕とはキスできるくらい、心を許してるってことになりませんか」

頼朋の心情を少しずつ引き出そうと、巧みに質問を差し替えられる。自分でもはっきりとは見えないものを暴《あば》かれる恐怖に、頼朋は眉間を狭めた。

「今更できないとか言っても説得力に欠けるわけだし、なんでかお前とはキスできちゃったってだけで……」

脆弱《ぜいじゃく》な抗弁の途中でがしっと両肩を掴まれ、一気に壁際《かべぎわ》に追い込まれる。その乱暴さに驚いたものの、壁に背中がつくと、そっと大事なものを庇《かば》う優しさで高晴に身体を囲まれた。

「こんなふうにされるの、我妻さんだったら絶対嫌なんですよね」

「……鳩尾に拳入れてる」

「僕にもそうしたらいい。鍛えてるので、たぶん効きませんが」

「無駄だと分かってることはしない。自分の手が痛くなるだけだからな」

身体的にはダメージにならなくとも拒絶の意思は伝わるはずだし、殴ったら手が痛いからなんて取ってつけたような詭弁《きべん》だ。

我妻だったら許さないことを、高晴には許している——それだけの事実で充分なのに、悪あがきする頼朋の言い草に、高晴は苦笑を浮かべる。

そうして見つめ合った刹那、くると分かっていたけれど、頼朝はやはり逃げなかった。いきなり唇を吸われて、閉じそうになった瞼を上げる。上唇を優しく食《は》むだけのキスが擽ったい。

やがて深く重なり、水音が響くほど吸われた。でも頼朝が少しでも顎を引けば、ぷちゅ、と音がして外れる。そうしたら、やたら熱い吐息が漏れた。高晴は仕掛けるときだけ強引で、あとは頼朝の意思に委ねているのだ。

「やめ……、ここ……外から丸見えなんだぞ……」

ずるずると壁伝いで下に引き摺られ、座らされる。そうするとちょうどカウンターの陰に隠れるのだ。上目で窺うのと同時にまた高晴の唇が押しつけられた。

今日は甘く蕩けるチョコレートはない。なのに、高晴に口内のあちこちをまさぐられ、舐めつくされて、おいしいものを啜るように唾液を飲まれている。

背筋がぞくぞくとわななないて仕方ない。頼朝は膝をすり合わせて、脚を盾にした。

「うまく……なってんじゃねーよ……」

「瞼にも、キスしていいですか」

口はOKで、瞼は駄目ってことはないだろうに。そう思って放っておいたら、睫毛の生《は》え際《ぎわ》を高晴の舌先が眦から目頭にかけてゆっくりとなぞった。びくびくと瞼が痙攣《けいれん》する。弾力あるものが瞼の上からまるで眼球を愛撫するみたいに蠢《うごめ》いた。他人にそこをそんなふうに舐められたのは初めてだ。

「あ……やっ……や、……」

経験のない快楽をおしえられるのは、ひどくどきどきする。喉が引き攣り、ぎゅっと高晴の腕の辺りのシャツを摑んだ。

高晴が今度は、上瞼の睫毛の生え際からわずか内側に入り込んだ。瞼のぴくぴくがいっそう激しくなる。

濡れた舌がほんの少し粘膜を擽ると、ついに声を抑えきれなくなり、欲情も露わにはぁはぁと喘いだ。高晴の腕にしがみつき、これじゃあ抵抗しているとはいえない。

「それだめ……」

「頼朋さんっ」

「や……やっあ……」

「次は乳首を……」

高晴の親指がシャツの上から、そこをピンポイントで捉えた。冷や水を浴びせられたように、突如我に返る。

ゴキッ、と反射的にぐーで高晴の頭を殴ると、取り巻いていた淫靡《いんび》な雰囲気がサッと解けた。

「ち……乳首って……ばかだろお前っ」

危ない。激流に足を取られ、うっかり流されていた。真っ赤な顔で罵倒しながら、いちばんのばかは自分だと思い当たる。

ここへきてブレまくっている己の言動に、頼朝は低く呻《うめ》き、頭を抱えた。


緩んだ結び目を突破口に隙あらばたたみかけてくる高晴と、それを拒むどころか享受しそうな勢いの自分。変態、ストーカーと罵って、奴隷とまでこき下ろしてきた相手に崖っぷちに追い込まれ、じたばた足掻いているだなんて誰が認めてなるものかと、頼朝は意地になっている。

揺れているのを認めたら最後、変態ストーカー・高晴に何をされるか分かったものじゃない。この期《ご》におよんでと他人に失笑されても、たやすく警戒を解くわけにいかないのだ。

もうどこも触らせないし舐めさせないと、あの日、厳しく宣言してやった。やりすぎた感が自分でも否《いな》めなかったらしく、高晴はしゅんと項垂れていた。あれから五日経つが、半径二メートル以内に近づかせないようにしている。

「どうせ献身的にいろいろ手伝ってくれるのも、いやらしいことしようと計算ずくの下心からなんだ。油断した俺を頭から食ってやろうって虎視眈々《こしたんたん》と狙ってるんだ」

だいたいあれが、童貞のするキスかと言いたい。

瞼越しに眼球を愛撫だ。睫毛の生え際からわずかに内側の粘膜を擽られるのもまいった。あれには震えるくらいぞくぞくした。どこで学んだ高等テクなんだろうか。

「妄想の国に住んでるやつは、平民の思いも寄らないことしやがるぜ」

頼朋は部屋中に掃除機をかけながら、そんな独り言をぶつぶつと唱えていた。

来客のチャイムが鳴り、掃除機をいったんとめる。どうせ高晴だ。そろそろほとぼりも冷めた頃だろうとやってきて、ごり押しする腹づもりかもしれない。

「留守です！」

わざとらしいくらいに険しい声と表情で玄関ドアを開けたら、そこに立っていたのは別人だった。

「……親父《おやじ》……」

「……久しぶりだな」

放浪癖の父親。最後に会ったのは高校二年、祖父の葬儀のときだから十年前だ。

上がってもいいかと訊かれ、頼朋は「どうぞ」と父親を中に招いた。

こいつくつだっけ——テーブルで緑茶を啜っている父親の年齢が分からない。十年前より痩せたし、白髪《しらが》が増えていることはなんとなく気付いた。かつて帰宅したときは山登りかという格好だったり、変なスーツ姿だったり、浮浪者みたいなときもあったが、今回は近所を歩いていてもおかしくない普段着だ。

父親はぐるりと部屋を見回し「いいマンションだ」と呟いた。

「前住んでた家は売ったらしいな。で、ここに引っ越したって聞いて」

煙たがられただろうに、地方に住む親戚にでも訊いたのだろう。父親から逃げてはいないし、隠していたわけでもない。居所が分からなかったから、連絡したくてもできなかったのだ。家出少年ならぬ家出親父、これが頼朋の実父である。

「ひとりで住むには広いし古かったし。カフェの資金と、ここの頭金にした。……ところで急に何しに来たんだ」

「もうすぐ沙希《さき》の命日だから。明日もこっちで用があって……今日だけ一泊させてくれないか」

「母さんの命日に帰ってきたことなんかないだろ」

黙って出ていって、いつも身勝手な言い分と理由で突然ふらりと帰ってくる。頼朋が小学生のときにはすでに父不在の生活だった。

頼朋の生い立ちに周囲は同情し、さぞそんなひどい父親を恨んでいるだろうと言われるが、他人に憐憫《れんびん》されるようなことはない。父に対して心底呆れてはいるものの、憎悪《ぞうお》の念を抱いたことはなかった。父親がいないゆえの不幸をこれといって感じたことがないのだ。

小学五年で母を亡くしたが、生きていた頃に、父の悪口を言うところを見たことがなかったからかもしれない。加えて、母が亡くなったあとは祖父が、愛をもってしっかりと育てくれたおかげだろう。身体を壊し若くして亡くなった母は、父の帰りをひたすら待ち続け、頼朋の知らない心労を抱えていたのかもしれないが。

しかし、憤懣《ふんまん》も憎しみもない代わりに、まともに人を幸せにできなかったこの男のことが、今も頼朋の心に黒いシミを作っている。

「寺の納骨壇は何番だったかな」

「Dの二百四十二番。俺はその日仕事だから、先週行ってきた」

かつて愛したはずの女が現在眠る場所を忘れている父。こんな男が結婚相手でどれくらい幸せだったのかと、生きていたら母に訊いてみたかった。

「顔色悪いな。病気なんじゃねーの」

頼朋の指摘に、父親は「いやいや」と短く笑う。

「その年になると、人生が顔に出るらしいぜ。道ばたでのたれ死んで無縁仏とかこっちも寝覚め悪いから、せめて今の居所くらい連絡しろよ」

「そのひねた言い方……じいさんそっくりだな。親に説教されてる気分になる」

頼朋の目の前で肩を落として顰笑しているが、その反省もひと晩寝たらころっと忘れる。

そして翌朝、普段どおり朝食を食べて「いってきます」と家を出たら、数年後まで帰ってこない。

「じいちゃんも同じ寺に入ってんだから、ちゃんと挨拶していけよな」

永遠の愛を手放して、自由の中でしか生きられない男。

風船みたいな人なのよ、と母が笑っていたから、街で風船を貰うのはイヤだった。しっかり握ったつもりでも、青いお空にぷいと飛んでいってしまう。

頼朋は追いかけも縋りもしない。だってそれが風船ってものだからだ。

しかし今回は、いつもの気まぐれ帰宅ではなかったのである。

驚愕の事実を知ったのは、それからしばらく経ってからだった。


放浪癖の父親が突然現れてから数日が過ぎた土曜の夜、頼朋が『チェリーレッド』の戸締まりをしていたところに、かっちりとしたスーツの男がやってきた。質実剛健といった物腰ではあるけれど、どこか冷たい目をした男だ。

名刺と一緒に宅地建物取引業の免許証を提示され、頼朋はなんの用だろうかと首を傾げた。

「物件のお引き渡しの件で担当することになりました柳井《やない》と申します。スケジュール調整等をご相談させていただきます前に、一度ご挨拶にまいりました」

「物件？　引き渡し？　なんの話ですか」

不動産関係ということで、最初は二号店の話かと思った。

柳井という男はブリーフケースの中から書類を出し、頼朋に手渡すとつらつらと説明を始める。

「こちら『チェリーレッド』の物件ですが、私ども『WT不動産』の不動産再生販売事業で、買取契約を稟議《りんぎ》締結いたしました。原宿《はらじゅく》への店舗移転費用すべてを当社が負担することで、即時立ち退きにも合意いただいております」

「……意味分からんのだけど」

「つまりこのカフェは、別のオーナーに買い取られたんです。『チェリーレッド』は原宿へ移転し、こちらはリフォーム後に転売の予定です」

「俺はそんな契約に同意していない。登記済証《とうきずみしょう》だって家にあるし」

男は「いいえ」と首を振りながら、ブリーフケースからまた別の書類を出した。

これは写しですがと見せられたものは、ここ『チェリーレッド』の登記済証、いわゆる権利証と呼ばれるものだ。

「契約締結後、現金にて決済いたしました。佐倉良秋《さくらよしあき》様がお受け取りになり……」

「なんだと……親父が!?」

カッと目の奥が熱くなる。信じられない話だが、自宅にあるはずの権利証が不動産業者に渡り、売買が成立しているのだ。

実父に権利証を盗まれたとは。考えられるのは、泊めてくれと父親が来た日だ。父親が金を受け取り、立ち退き条件に受諾サインまでしている。

書類をじっと見ているうちに、もうひとつ重大なことに気がついた。

「……我妻季生《ときお》？」

「はい。譲渡先……つまり、現在この物件を所有しているのは弊社『WT不動産』の我妻でございます」

「は……、なんで……？」

言葉をなくす頼朋から権利証のコピーを取り上げ、男はそれをそそくさとファイルにしまう。

「店舗移転先は原宿。これ以上の好条件はないといえます。本日はご挨拶だけですのでまた後日、今後の日程についてご提案にまいります」

茫然と立ちつくす頼朋に男は深々と頭を下げて店を出ていった。


複製書類を見ても信じられなかったが、部屋を確認すると、保管していたはずの登記書類、実印も忽然《こつぜん》と消えていた。

店を売ったのが放浪癖の実父の仕業、それを買い取ったのが我妻だなんて。登記名義人である頼朋を無視して結ばれた契約など不履行だと訴えるべきだが、実父と友人が絡んでいるのだ。

慌てて帰った頼朋を追って帰宅した高晴は、トラブルの内容に険しく眉間を狭めた。

「頼朋さん、その契約、我妻さんがお父さんに持ちかけたと考える方が自然です。頼朋さんの大学時代の交友関係を、当時不在だったお父さんが知るはずありません。とにかく我妻さんに話を訊くべきです」

「お前……俺の親父のことも知ってたのか」

父親が放浪癖だということや、ここ十年ほど音信不通だったことも。

高晴は「現在の居所までは知りませんが、昔のことなら」と静かに頷いた。

「ほんとに昔から……勝手な男だった」

母や祖父がかつてどんな苦労をしてきたのか計り知れない。自分に火の粉がかかって初めてそう思う。

すでに二十二時を過ぎていたが、我妻と話をするため、頼朋は我妻グループが所有するビルを訪ねた。

「だって、頼朋のお父さんがお金が必要だって言うから」

頼朋は『WT不動産』の社長応接室に案内されていた。

我妻に最初に見せられたのは、父親が取引条件に同意し、金を受け取ったことを証明する書類だ。奪われた登記済証は間違いなく本物だった。

我妻はデスクチェアーをゆらゆらと揺らしながら、悠長に爪などチェックしている。

「でも凄くいい条件だろ。だって新しい店舗移転先、原宿の路面だよ。出店したくてもなかなか出せないよ。俺の友達だからってわけじゃなくて、カフェ経営に定評のある『チェリーレッド』ならって上のお許しが出たんだ。あ、ここ、『WT不動産』っていちおう俺が最近任された会社です。少数精鋭で、秘書もいないけど。まだ日が浅いから、親父の細かいチェックが入るしね」

険しい表情で凝視する頼朋に、我妻は困ったなと肩を竦ませた。

「俺の親父を捜し出して唆したのか」

唆したって……と我妻は苦笑する。

「たまたま大学に顔出したとき、学生課で『頼朋の住所おしえてくれ』って職員と揉めてるオジサンがいてさ。話しかけたら、頼朋のお父さんで。大学在学中に引っ越したことも連絡してなかったんだって？　そこで話を聞いたんだけど……頼朋のお父さんもいろいろあったみたいだね」

「いろいろ……？」

「新しい家族がいるって……聞いてないの？」

寝耳に水の話にゆるりと首を横に振る。ふらふらと放浪した先で築いた『新しい家族』――本来果たすべき責任のひとつも全《まっと》うしていないのに。開いた口が塞がらない。

「籍は入れてないらしいけど、一歳にもならない赤ちゃんが病気らしくて、治療費大変みたいだよ。頼朋のお父さん自身も変な顔色してたし……肝臓悪いって」

「……同情しろっていうのか」

相手の女性と乳飲み子《ちのご》に罪はないけれど、おいそれと頷ける話じゃない。自分の病気なんか、それこそ自業自得だろうと言いたいくらいだ。

「とにかく頼朋のお父さんはお金が必要だった。俺は『チェリーレッド』が欲しい。『チェリーレッド』の売買と併せて、破格の条件で店舗移転を約束したから、頼朋のお父さんも納得してくれたんだ。たぶん、頼朋をないがしろにしたわけじゃないよ」

「よく言う……自分のやってることを正当化したいだけだろうが。我妻、お前だって……」

「そうだね。俺が欲しいのは『チェリーレッド』っていうより、頼朋だから。もし頼朋が俺のものになってくれるなら、頼朋のお願いはなんでも聞いてあげる」

我妻の指先が、大きなガラス窓の背後に聳《そび》えるシティホテルを指している。

「なんっ……」

我妻がまさかこんな卑怯《ひきょう》な手を使う男だったなんて……！

みんながみんな、高晴みたいな絶対崇拝思考の従順な信徒じゃないぞ——建斗の忠告が今更のように頭の中を巡った。

たしかに、我妻への答えを濁してだらだらと誠意を示してこなかった自分自身にも責任の一端はあるだろう。

だが、そうだとしても、こんなやり方はあまりにも汚すぎる。

無言できつく見据える頼朋に我妻は、「冗談だよ」と肩を揺らした。

「欲しいってのは本気だけどね。一回エッチ我慢して逃げられたんじゃ意味ないし。でも『チェリーレッド』にも本当に魅力を感じてるんだ。看板に違《たが》わずイケメン揃いのカフェなんて、いいって思わない？」

「カフェ経営舐めてるだろ」

「まさか。ふざけて聞こえたならごめん、真面目だよ。俺は頼朋が先代から引き継いで守りつつ新しくつくった『チェリーレッド』が大好きで、頼朋も大好きで、もっとたくさん人が集まる町でこんな素敵なカフェがあるんだよって見せびらかしたいんだ」

「矛盾してる。好きだって言ってる傍から壊すんだろうが。女囲うみたいに俺を扱いたいのか、ばかにするな……！」

「ちょっと落ち着けよ。話題変えよう」

相容《あいい》れない話題は一方的に切り上げ、我妻は椅子から立ち上がると頼朋の隣に立った。

「由利《ゆり》高晴とは、べつになんでもないんだってね。彼から聞いた。正々堂々、喧嘩《けんか》売られて、勝負しなきゃ男じゃないだろ」

「金使って勝負かよ」

「金も、使うんだ。使える立場で、使えるもの使って何が悪い？　店の権利証があれば、お父さんも救えるし、頼朋の店も原宿で成功してますます活気づきますよねってアドバイスしただけだよ。由利高晴はせっせと頼朋のご機嫌取って奴隷になって、頼朋に気に入られたんだろ？　俺のほうが頼朋の将来まで踏まえて真剣に考えてるし、よっぽどまともだ」

まともだなんて、知ってる。

我妻のやり方に問題があったにせよ、経営面だけで判断すれば原宿の路面への移転話は、またとないチャンスだ。

「まともだから、なんだっていうんだ。そもそも俺は都心への移転なんか望んでない。それに、あいつはただまっすぐに俺を好きで、俺の傍にいたいってだけで、奴隷に成り下がってご機嫌取ってたわけじゃないよ。奴隷と呼ぼうが呼ぶまいが、あいつは俺のことを想って、勝手に行動するんだからな。でも絶対に俺を傷つけないし、俺もそれを信じてる」

我妻は「まさかあんなのに本気じゃないよな」と顰笑した。

「俺とあいつのことまで、我妻にとやかく言われたくない」

「頼朋……！」

呼びとめようとする我妻に背を向け、愛想笑《あいそわら》いのひとつも見せないまま、我妻ビルを出た。

外で待ってくれていた高晴が心配げに顔を覗いてくる。

頼朋は、駄目だったと首を横に振ってみせた。

「二号店、諦めるしかないかも。居抜きで売れりゃいいけど。金返したからって権利証をこっちに戻してくれる保証もないけどな」

「そんな……」

内装を手伝ってくれていた高晴には、その言葉の重みが伝わったのだろう。沈痛の面持ちになり、二の句が継げずにいる。

夜は日中に比べるとぐっと気温が下がる。慌てて出たので、シャツしか羽織《はお》っていなくて寒い。ビル風に首を竦ませた頼朋に、高晴が自分のストールをぐるぐると巻いてくれる。そうしながら、高晴からとんでもない申し出を受けた。

「頼朋さん……もし、どうしても権利証を返してもらえなかったら、僕の店を使ってください」

「……どういう意味……」

「僕の店『リリアン』を、『チェリーレッド』にするんです。『リリアン』は、また別のところを探して出直す……だから、あの店舗を、あなたに差し上げます。どうせFXで儲《もう》けた泡銭《あぶくぜに》で買ったものですから。気にしないで使ってください。二号店だって諦めてほしくありません」

「差し上げますって……なんだそれ。店は醤油《しょうゆ》でもお菓子でもないっての。それとも何、お前まで最後は金ってことかよ。あり余ってる大枚使ってモノ与えりゃ、俺がありがたがって靡《なび》くって？」

我妻と同じく女扱いされたような、男の矜持《きょうじ》を踏みにじられた気分だった。しかも、我妻のそれ以上に重く応える。顔が恐ろしく歪むのが自分でも分かった。

「頼朋さんが、あの店を本当に大事に思っていること、僕は知っています。おじいさんやお母さんとの思い出が詰まった大切な店、アンティークに囲まれた唯一無二の頼朋さんの宝です。頼朋さんがあの場所を離れたくないことも分かります。だから……」

「そこまで理解してて何言ってんだ。なら、どんな店も代わりにはならないことも分かんだろ。それにお前は、自分の店が大切じゃないのかよ」

経営者にとって店は命だ。高晴とて、一からつくり上げた店なら思い入れもひとしおのはず。海外で成功し、やっと帰国して、初めて日本で持った自分の店——それを簡単に「どうぞ貰ってください」と言ってしまう軽薄さが、頼朋にはとても信じられない。

「お前、自分の店をなんだと思ってんだ？」

「店です。僕にとって『リリアン』は僕のチョコレートを売るための店でしかないです。僕には、あなたか、あなた以外かの区別しかありません。あなた以上に大事なものなんて、世界中探したって僕にはない」

「……おま……どこまで独善的なんだ……」

世界一のショコラティエが自分の店に対してこの姿勢、方針で許されるのか。経営者にあるまじき発言だ。高晴のショコラを誇りに思っているミッシェルが聞いたら怒髪天で暴れだすだろうし、きっと泣いて悲しむ。頼朋もどっと肩と背中が重くなった。

「お前があの店に大した思い入れがないってことだとしてもさ……、その愛情のかけらもない店が、俺の店の代わりになるって思ってんの？　お店と場所あげます、はいありがとうって俺が喜ぶとでも？　俺には絶対なくしたくない思い出とか大切なもの全部、『チェリーレッド』の中にあるんだよ。かけがえないよ。飴色のテーブルも、壊れないように大事にしてるブランコもあそこにあるから意味があるんだよ。全部揃って俺の店なんだ！　店を守る意味とか、ミッシェルとか、そういうのどうでもいいみたいに言っちゃうお前が信じられないよ！」

首に巻かれたストールが途端に薄っぺらく、鬱陶しく感じる。それをぐしゃぐしゃと外し、投げつけるように高晴に返した。

「頼朋さん！」

「ついてくんな！　ついてきたらっ……」

店に出禁、二度と喋らない、触らせない……あらゆることを考えたけれど、どれを言ってもどうせ効き目がない。

「お願いだから、ひとりにしてくれ」

もう二度と振り返らず、頼朋はひとけのない夜のビル街に高晴を置き去りにした。

頼朋は部屋に帰り、権利証を取り戻す方法はないか計略を練った。

我妻は『本当に欲しいのは頼朋だ』と言っていたのだ。金を払えば権利証を返してもらえるとは限らない。

「一回我慢……とかも絶対無理だ」

我妻のものになると口先だけの芝居《しばい》を打ったところで納得しないだろう。

そもそも、奪い返すほどの金など、どこから出てくるのか。

二号店の準備資金は当然回せない、保証債務に抵触するからだ。

しかし、ぐずぐずしていられない。権利証と引き換えに受け取った金を父親に返させることも考えたが、乳児と父親の病気の話が本当なら、やはり心が痛む。居場所が分からないのでは確認のしようもないけれど、裏切っておいて病気話まで嘘なんて、そんな非道をする人間だとは思いたくない。祖父と母がこの駄目親父を、完全に見捨てなかった意味を信じたい。

銀行通帳をすべて並べていくら思案しても、二号店をいったん諦める以外になかった。

翌早朝、高晴《たかはる》とは顔を合わせずマンションを出た。

建斗《けんと》に事情を話して、カフェはランチタイムを過ぎてから臨時休業とした。店舗買取業者を呼んで、二号店の居抜き売却について話をするためだ。

「償却費は発生しますが、原状回復費や解約前予告家賃が発生しないかたちで売却が決まりますと、ご希望に近い資金を残せるかと……」

「急いでるので……なんとか買い手が見つかるように、お願いします」

悪あがきしたところで時間ばかりが過ぎて、ここを退去しなければならなくなる。

我妻《わがつま》が折れてくれるか否かに関係なく、取り返すための資金は準備しておくべきだ。

買取業者を見送り、頼朋《よりとも》はがっくりと肩を落としてカウンター席に座った。高値で早急に買い手が決まるという保証はないし、あとはもう神頼みだ。

業者との対話を見守っていた建斗は、下げたコーヒーを黙々と片付けている。

二号店には、現在別のカフェのキッチンで働いている女性をふたり採用するつもりで声をかけていた。彼女らにも迷惑をかけてしまう。

ラテアートやテイクアウトとか、新しいことにチャレンジしてみたかったのに、あっけなく絶たれてしまった。

高晴とペイントした白壁も、泡沫《うたかた》の夢と消える。

もう、我妻の良心に縋るしかない。我妻がここまで意固地になったのは、自分が我妻をないがしろにしてきたところにも一因があるのだ。

買取業者から渡されたパンフレットをぼんやり眺めていたら、けたたましくドアベルが鳴った。『本日臨時休業』の張り紙をしておいたのに何事かと顔を向けると、ミッシェルが鬼の形相で入り口に立っている。

ずかずかと頼朋の前まで歩み寄り、バンッ、とカウンターを叩いた。

「……っもう、いいかげんにしてください……！」

「なんだ……急に」

ミッシェルは悔しげに唇を歪めて、カウンターの上の手のひらをぎゅっと拳に結ぶ。

「あなたはタカハルをどれだけ振り回せば気が済むんですか。タカハルはあなたみたいに無神経な男に執着して、人生をどれだけ損しているか。それに自分で気付いてないなんて、あまりにも不幸です」

「またその話……？」

うんざりとした気分で項垂れ、堪らずため息が漏れる。

高晴を想うがゆえのミッシェルのまっすぐさが、今はいつも以上に煩わしい。

「タカハルの想いに応える気もないくせに、都合のいいときだけ自分のいいように使って。なんでうちのショコラティエが自分の店を放り出して、あなたの店の危機のために奔走しなきゃならないんですか！」

「……奔走？　奔走って……何してんの」

聞き捨てならない言葉に、頼朋は俯けていた顔を上げた。

「店をクローズして、我妻って人のとこ行っちゃいました！」

えっ、と『リリアン』を振り返ると店に高晴の姿が見えない。

「タカハルが優しいからって厚意に甘えて、二子玉でペンキ塗りさせたりして。休みの日だって『リリアン』で仕事したあと、本来は関係ないのにそっちの手伝いにも回ってるんです。そのしわ寄せで家に仕事を持ち帰ってショコラのデザインをやったり……そんなのもあなたにとってはタカハルの勝手ってことになるんでしょうけど」

そこまでは知らなかった。頼朋は茫然とする。

ミッシェルは腹立たしげに大きなため息をついた。

「さっきタカハルに、『リリアン』をいったん閉めて、店を『チェリーレッド』に譲ってもいいかって訊かれました。あなた、どれだけタカハルに迷惑かけたら……」

「それは昨日断った。でも、もともと自分の店に愛情がないんだろ。『リリアン』をあげますって随分軽い決断だったぞ。店もそしてキミのことも、経営者として大切に思ってないって感じで、俺だってそれには失望した」

頼朋の反論の内容にミッシェルが目を覚ますかと思いきや、ぐっと胸ぐらを摑まれた。

「あんたばかっ？　そりゃあタカハルにとって、何よりも優先して考えるのはあなたのことかもしれないけど、だからって『リリアン』を大切に思っていないわけがない！　あなたは今まで何を見てたんですか？　ショコラひとつひとつを、宝石を扱うように箱に詰める姿は見たことがないですか。テンパリングするときの真剣な横顔は見たことがないですか。お客様にショコラのことを丁寧に説明している場面は？　店をなくせば、タカハルはそれができなくなるんです。また新しいショコラトリーを一からつくればいいけど、だからってそれを『軽い決断だった』とあなたは言うんですか！」

肩を大きく上下させ、ミッシェルは目にいっぱい涙を浮かべている。

そこまで言われて頼朋は初めて、昨夜の件は自分の思い違いだったのかもしれないと疑いを持った。頼朋以上に大事なものなどないけれど、他は何ひとつ大切じゃないとは言っていないのだ。……だとしたら、随分ひどい責め方をしてしまった。

無言の頼朋を前にミッシェルは瞼を震わせて、頼朋の胸元から指をゆっくりと外す。

「我妻さんって人に会って何を話すつもりか分からないけど、でもあなたのためならどんな条件だって呑むなんて暴走して、取り返しがつかないことになるかもしれない。……僕は、あなたなんか大嫌いです。だけどタカハルはあなたの言うことしか聞かない。……お願い、『リリアン』とタカハルを助けて」

手の甲で眦を拭うミッシェルにティッシュを箱ごと渡し、頼朋は真剣なまなざしで頷いた。

「頼まれなくたって、行くさ。けど……キミ、あいつのことまだ分かってないね。あいつは、俺の言うことだって聞かない。でも絶対に、『リリアン』を潰すようなことはさせない、約束する」

頼朝は、自分に託されたミッシェルの思いを包含し、覚悟を決めて立ち上がった。

日が傾き、黄昏色《たそがれいろ》の空に向かって聳える我妻ビルを見上げて、頼朝は拳を握った。『WT不動産』のプレートが掛かるオフィスから出てきた女の子に「ブリティッシュスーツのイケメン来た？」と声をかけると、社長応接室にいるはずとおしえてくれた。昨晩、頼朝が我妻と対面した場所だ。

ノックして入ると我妻は自分のデスクに軽く腰掛け、高晴はその脇に立っていた。

「白馬に乗ったお姫様まで登場？」

高晴はちらりと頼朝を見ただけで、我妻に向き直った。

「頼朝さんのお父さんが受け取ったお金なら、僕がお返しします。だから『チェリーレッド』の権利証を、頼朝さんに返してあげてください」

「しつこいな、嫌だって言ってるだろ。金返すっていうなら、原宿店の手付《てつけ》から何から全部上乗せさせてもらう」

「じゃあ、それも全額払います」

「なんかもう東京ごと買うって言いかねないな」

頼朝は勝手に話を進めている高晴の腕を「おい！」と掴んだけれど、高晴は我妻しか見ていない。

「キミがいくら金を積んだって無駄だよ。……あ、そうだ」

良案が浮かんだ、と我妻は腰掛けていたデスクから立ち上がり、高晴に詰め寄った。

「キミが頼朋の前から消えてくれたら、全部なかったことにしてやるよ」

「なんっ……」

我妻からの提案に声を上げたのは頼朋だ。高晴はきつく我妻を睨めつけるだけで黙っている。

「頼朋に金輪際近づくな、ってこと。キミ、世界一のショコラティエなんだろ？　だったらどこでだって食っていけるはずだ。十二年もの間、頼朋をひたすらウォッチし続けたスキルとバイタリティがあるなら、あと百年、離れていても大丈夫だろうし。東京から……いやいっそ、日本から出ていってくれたほうが安心できるな」

「我妻、お前汚いっ……」

卑劣な取引を持ちかけ恫喝《どうかつ》する我妻の前に出ようとした頼朋を、高晴が強い力で引きとめる。

「分かりました」

高晴は静かにそう言い放つと、頼朋を背中で庇うように立った。伏せていた顔を上げ、我妻をまっすぐに見据える。

「……僕が消えれば、頼朋さんの店も受け取った金も、すべてチャラにするんだな」

「おま……何言ってんだよっ」

頼朋が高晴の腕を引っ張っても、高晴は頼朋の前から動こうとしない。

一方我妻は、自分が挑発しておいて、返ってきた答えに怯んでいる。

「……本気か」

頼朋と会えなくなるばかりか、自分の店を日本から撤退させろという乱暴かつ理不尽な条件。それを丸呑みすると高晴は即答したのだ。

「た、高晴、今の取り消せ！　我妻……、こいつは後先考えてないだけで……！」

「取り消しません。そうすれば頼朋さんの店が守れます。だから二号店も手放さないでください！」

「そんなっ……」

高晴の強いまなざしに、揺るぎない決意を見た。

切なく胸が軋《きし》めく。高晴は長年の想い人とやっと縮まった距離を、その相手――頼朋を守るためなら手放すことすら厭《いと》わないと言っているのだ。

永遠の愛――高晴の想いは鋼のように堅固で、何があろうと動じることはない。言葉で飾るだけじゃなく、それは確固たる証《あか》しだった。

「残念ですが、ショコラトリーはまた一から出直します。あなたを想いながら、あなたの

近くでショコラを作り、あなたにおいしいって言ってもらえて死ぬほど幸せでした。頼朋さんの存在は、僕がショコラを作る唯一無二の『意味』です。でも頼朋さんの店は、三軒茶屋の、あの場所にないと駄目なんです。僕はまた遠くからあなたを見守りながらショコラを作る……大丈夫、慣れてます」

「お前っ、慣れてます、ってなんだそれ！　俺をこんだけ振り回しておいて、俺がやっとそれに慣れたっていうのに……離れるのが平気だっていうのかよ！」

「平気なんかじゃ……！」

突如、我妻がデスクを両手でバンと叩いた。そしてそのままそこで拳を握る。

頼朋と高晴も動きをとめた。

「……何この茶番。俺が入る隙なんか、全然ないんじゃないか。『頼朋さんとはなんでもありません』なんて……よくもぬけぬけと嘯いたな。想い合ってんのを目の前で見せつけられるとか、どんな罰だよ……！」

我妻は低く唸り、拳に額を押し当てる。しばらくそうして俯いていたかと思うと、小さく肩を揺らした。

「ばかばかしい。なんで俺がお前らのこと焚《た》きつけなきゃならないんだ」

気だるく顔を上げた我妻が、頼朋たちをきつく睨めつけてくる。

「……もういいよ、分かった。俺は『この会社手放しても頼朋を守る』なんてとても言えない。……頼朋も、キミとは離れたくないみたいだしな」

「……それじゃあ……！」

「でも俺だって、頼朋のことも原宿移転も本気だったんだ。金は返済してもらわなきゃ、権利証を返すわけにいかない。俺も会社を任された者としてのメンツがある」

「だからそれは僕が払います」

そう割って入った高晴を頼朋は慌ててぐいと引っ張った。

「これは、俺のけじめ。お前が金払うとか言うなら、それこそほんとに絶交だ！」

絶交が効いたのか、高晴が何か言いかけた口を噤む。納得いかなげな高晴に、頼朋は大丈夫と頷いてみせた。

我妻に歩み寄り、我妻がとめようとするのをかわして頼朋は頭を一度しっかりと下げた。

「金は絶対、きっちり返す。でも、ごめん……少し時間がかかるかもしれない」

「……悪いが、かもしれない話を呑むわけにいかない」

「我妻……！」

懇願する頼朋に我妻は眉間を狭め、すぐあとに妙案を思いついたとわずかに微笑した。

「頼朋が一回、俺と、ちゃんとふたりきりで会ってくれたら……譲歩してやるよ」

「……一回？」

「あのホテルで一日、俺と一緒に過ごしてくれたら返済を待つし、権利証は返す」

我妻の背後に屹立《きつりつ》するホテル——高晴が息を呑む音が頼朋の耳にも届いた。

昨日も同じ条件を提示した我妻だが、今日は単なる脅しではない。普段温和な男はにこりともせず、まっすぐに頼朋と目線を合わせてくる。それが本気だということは否応《いやおう》なしに伝わった。

「…………分かった」

高晴が「頼朋さん駄目だ！」と騒ぎ立てる。頼朋は暴れだしそうな高晴の腕を摑み、引き摺るようにして出口に向かった。

「連絡待ってるよ、頼朋」

不敵な笑みを浮かべる我妻に頼朋はひとつ頷いて、高晴と共に応接室を出た。


「頼朋さん……駄目です、嫌です。我妻さんと、一日中ホテルなんて！」

「別に取って食われるわけでもないだろ。まぁ、ちょっと触られるくらいは我慢する」

「何をのんきなことを……！　あんな汚い手を使って権利証奪って、卑怯な交換条件を突きつけるむちゃくちゃな男じゃないですか！　お金は僕が即日用意します。さっきも言いましたが、二号店も諦めてほしくないです。お願いですから、僕の言うことを聞いてください！」

「もう、少しは落ち着けって」

「どうして落ち着いてられますか！」

猛り立つ高晴を宥《なだ》めることは中断し、心配しているはずの建斗にこのまま帰る旨《むね》の連絡を入れると、タクシーを摑まえて乗り込んだ。

「頼朋さんの平穏な生活を脅《おびや》かすとは……僕が許しません」

「俺の平穏をいちばん脅かしておいて、その頭数にお前自身は入れないわけだ？」

「頼朋さん、軽口叩いてる場合じゃないです。我妻さんとふたりきりで会うなんて約束、すぐに取り消してください！」

タクシーが走りだしてもなお怒りが収まらない高晴に苦笑し、頼朋は「うるさいからもう黙れ」と高晴の手を上から強く握りしめた。絶縁体で電気を遮断された機械のように、高晴が突然ぴたりと動かなくなる。

「お前さぁ……俺に心底から執着して、そんな一途な想いをいいように使われたあげくに、やっぱりお前はいらないって言われたらどうするんだよ」

永遠に続く愛など、高晴の想いを知るまでは、頼朋には存在しなかったファンタジーだった。だけど高晴に身をもってそれを示され、高晴の愛を受け取るうちに、心地よさと安堵感と充足を覚えてしまった。それどころか、充分すぎるほど伝えてくれた男にこうしてなおも確認し、満足する答えを言わせたがる欲張りだ。

「僕にとって……生きることすべて、息をする意味ですら頼朋さんのためなんです。だから僕があなたに差し出すものを、お金だと思わないでほしいんです。それだって、僕の想いです。だから受け取ってほしい。……お願いです、分かってください」

頼朋に摑まれた左手を高晴がもう片方の手で上からぎゅっと包み、腰を屈めて頼朋の手の甲にキスをした。

「……誰にも、触らせないっ……！」

絞り出すような声で傅《かしず》く高晴に頼朋は恍惚を覚え、頼朋の膝元でわずかに震えている髪を優しく梳《す》き撫でた。

マンションのエレベーターの中でも繋いでいた手をそのままに、無言で自宅の玄関ドアを開けて高晴を招き入れる。

「頼朋さ……」

「お前以外に、俺を触らせる気はないから、安心しろ」

ドアが閉まりきるのを待たずに高晴の顔を両手でがっしり引き寄せ、何か言いかけた高晴に口を押しつけた。唇が捲《めく》れるほどぴたりと重ねて吸いつき、高晴の唾液を嚥下する。

「より……」

突然のことに戸惑っている高晴を誘い出すために歯の内側に舌先を滑らせると、高晴も口を開けて頼朋を搦め捕った。そうして互いが混ざり合った唾液を飲み込む。急激にボルテージが上がり、頼朋は高晴の首元にしがみつくように腕を回した。

「……はぁっ、……んっ……」

互いの側面をすり合わせ、頬の内側も、舌下も上顎も、粘膜の全部を高晴に舐めつくされる。歯と歯がぶつかるのさえも快感で、背筋がぞくぞくした。

頼朋の頭がごつ、と壁を打つ。仕掛けたはずのキスは、高晴にリードを奪われていた。

高晴の手のひらが頼朋の後頭部を、硬い壁から庇ってくれる。大事なものを傷つけまいとする優しさの中で、頼朋は高晴の背に両手を回した。

「さっき……我妻さんの前で初めて、僕の名前呼んでくれましたね……」

「そんなことよりお前は我妻に、俺の前から消える、って言ったよな」

「あれは、だって……」

「分かってるよ……分かってるけど……、結局お前は、俺から離れても生きていけるんだって……胸がきりきり痛くて堪らなかった」

「頼朋さん……！」

体軀《たいく》が弓なりに撓《しな》るほど、頼朋を掻き抱く高晴の腕に力がこもる。

「そ……うじゃないです。もう今は、離れることを考えるだけで呼吸すら苦しい。見守っていただけの十二年は、その間離れていたから耐えられた。でもたった数カ月だけどこうしてあなたの近くにいた僕は、以前の僕じゃない。傍にいられる幸せを知ってしまったから。それなのに今更頼朋さんから離れるなんて、僕にとってそれは死と同意です。絶対に絶対に離れたくなんかない」

でも、と高晴は続けた。

「僕があなたから離れる痛みに耐えさえすればあなたを守れる——あの場ではそのことしか考えられませんでした。僕は……あなたにはいちばん幸せでいてほしいんです」

それが、この男にとっての幸福。

強靭《きょうじん》な想いを一切のたじろぎなく示されて、全身の血がざわめき、そうしないではいられない衝動で高晴の頬に触れる。

生まれてから二十七年の間に、傷つかないよう頼朋自身に膠着《こうちゃく》していたものがひとつ残らず、はらりと落ちた。高晴はその愛で、頼朋を覆っていた殻を一枚一枚丁寧に、これまでも痛みを伴うことなく剝いでくれていたのだ。

完敗だった。両手で捕まえた高晴の温もりに、愛しさが溢れ、胸が熱くなる。

高晴の愛は宣言どおりきっと永遠なのだろう。ならばそれを受け取るばかりではなく、寄り添い、同じ重みと深さで返しながら、その言葉が真実だったと自分が証明してやりたい。

「お前とこうすることが、俺のいちばんの幸福なんだ。だから離れてもいいなんて二度というな。もしまた言ったら許さないからな」

頼朋から向けられた情熱に、高晴は瞬きすら忘れてしまったようだ。何か言葉を返そうと口を開きかけ、喘ぐように息をつくと、感極まった表情で頼朋の身体を掻き抱いた。想いが迸る抱擁に、頼朋は全身が甘く痺《しび》れるのを感じる。

「はい、僕はあなたを絶対に放さない。あなたの隣で、僕の一生をかけて愛し続けます」

耳に吹き込まれた誓いに頼朋も突き動かされ、自分も同じ気持ちだと、とっくにお前のものだと伝えたくて、高晴の首筋に腕を回した。同時に、高晴に激しく唇を奪われる。

でももう、想いを交換し合うのに、これじゃ足りない。

慌ただしく靴を脱ぎ、高晴の手を引いてクローゼットを開ける。建斗に貰ってからずっと置きっぱなしだった、金色のシールが貼られた袋を乱暴に高晴に渡した。

「男とやるとき、必要なんだって」

高晴は袋の中身を覗いて「あっ」と声を上げている。

「頼朋さんっ……」

「お前とのこと、早とちりした建斗がくれたんだ」

「……いい人です、柊木《ひいらぎ》さん」

「使い方……は、知らないからな。どうせ、お前がこれまでに培《つちか》ったネット情報なり、知識なりがあるんだろ」

「完全無欠の耳学なんですが」

「だったら全力で俺を、……気持ちよくさせろ」

わざと傲岸に言い放つと、すでに興奮し始めているのか高晴は息遣いも荒く「どうしよう……何から、どう……」などと独言している。

「お前がさんざん妄想しまくったこと、一から全部やればいいだろ」

シャツごとネクタイをぐいと引っ張り、ベッドルームのドアを開けた。


ベッドの上で、かっちり着込んだスーツを脱がしているとき、高晴の胸が大きく波打ち、一刻も早く頼朋を触りたそうに何度も手が伸びてきた。

「駄目。ちゃんと脱がなきゃ、汚すだろ？」

「キス……キスしたいです、頼朋さん」

高晴の胴部を両脚で挟むかたちで対座し、舌を舐め合いながら高晴のシャツの前ボタンを外す。

「なぁ……高晴の、見たい。どんなの挿《い》れんのか、見せろよ」

シャツをはだけさせ、窮屈そうになっている下着を捲《めく》った。

キスだけで臨戦態勢なところはいじらしいけれど。

「童貞らしくて可愛いとは形容しがたい、淫猥《いんわい》なフォルムだな。なんか、すっげエロそう」

「むちゃくちゃな言われようですが……」

指先で雁首《かりくび》の嵩高《かさだか》い部分をいたずらすると、びくびくと腰を跳ねさせる。

とうとう我慢できなくなったのか、高晴の手が頼朋のプルオーバーの中に滑り込んだ。

「あっ、待て……駄目だってば」

制御しきれないのか乱暴な手つきで抱き寄せられた。がぶりと肩口を甘嚙みし、その辺りをくんくんと犬のように嗅がれ、舐めて、吸いつかれる。どこか獣じみている高晴に、頼朋は胸を逸《はや》らせた。

「頼朋さんの……匂い……！」

「……やっ……」

首を竦ませると高晴がますます顔を押しつける。残っていた衣服を剝ぎ取られて、息遣いの荒い高晴が覆い被さってきた。

「頼朋さ……頼朋さん……！」

その勢いに気圧されて思わず背を向ける。うしろから首の柔らかいところに嚙みつかれ、頼朋は短く悲鳴を上げた。乱暴でいて優しい嚙み方に、ぞくっと背筋が震える。すかさず背後から回った高晴の手が胸をまさぐり、乳首を指先で摘んで小さく揺すられた。

「……あっ……い、や……」

女の子みたいな声を出してしまい、咄嗟に口元を覆う。

そんな弄《いじ》られ方《かた》をされたことがないし、普段は存在すら忘れているようなものなのに、芯が硬くなり、じんじんしていた。強弱をつけて捏《こ》ねられ、爪の先で擽られる。

「あっ……、あ、あっ……あ……やっ……！」

「見せてください……乳首、……舐めさせて……」

確認しなくてもそこが、卑猥《ひわい》な部位に変化してしまった気がした。逃げを打つ肩をとめられ、息を弾ませた高晴が乳首に吸いついてきた。

「あぁっ……あっ、や、……やぁっ……」

「可愛い……乳首、嚙みたい……優しくしますから……」

高晴が唾液をたっぷり含み、小さな粒を転がす。鋭い歯と柔らかなものに挟まれ、先端を舌先で刺激されるのが堪らない。誘われるままいつの間にか仰向けになり、高晴の絶技にしどけなく身を委ねてしまった。

一方は唾液に濡れた指で扱《しご》かれて、もうひとつは口で愛撫されている。首を擡《もた》げて覗けば、その辺りは唾液でぬめり、赤くなった乳首がぷっくりと膨らんでいた。

「や……だ……あぁっ、あっ、ふ、あっ……！」

しこった両の乳首をきゅっと挟まれ、揉まれる。その片方が解放されたかと思うと、高晴の手のひらが腹の上を滑り、ゆっくりと目的を持って下りていく。すでに熱を孕《はら》んでいるペニスを大きな手で摑まれて、頼朋はそこを隠すように再び身を捩った。

「逃げないで」

男に、高晴にそんなところを弄られるなんて、たとえ嫌悪はなくても耳まで真っ赤になる。這いずり足掻く頼朋の背に高晴が重なり、動けなくしてから、握り込んだ手筒でゆるゆると捏ね始めた。いつの間に唾液をつけたのか、ぬるぬるしていてそれが気持ちいい。

「あっ……はぁっ、は、あっ」

「こんなのより、もっと恥ずかしいことさせてもいいですか。僕が妄想してたこと、していいんですよね」

「駄目って言っても、するくせにっ……」

逃げる軀体を仰向けにすると、頼朋の両足首を持って左右に大きく割り広げる。屈辱的なポーズに頼朋が抵抗するより早く、てらてらと濡れ光るペニスを、高晴が口いっぱいに頬張った。

「やぁっ……！　た、高晴っ」

食べられる——そう思った。

浮き出た血管から裏筋を歯列でこそぎ、じゅるっと音を立てて吸い上げられて腰が浮く。先端がつくほど喉の奥まで咥《くわ》えられ、軽く膝を曲げた脚は高晴の肩や背を力なく滑った。

「おいしい……頼朋さん……もっと、もっと舐めさせて……食べさせてください」

「変態っ……」

罵倒しながら、遮二無二欲されていることにひどく興奮し、頼朋も欲情していた。

むちゃくちゃに頭を振りたくられる。高晴の口内のあらゆるところに性器を擦りつけられ、尿道に染み出る蜜をすべて飲み込まれた。

「はぁっ、あっ、はぁ、あ、あ、あっ……！」

臀部《でんぶ》がびくびくと痙攣する。イきそうだ。頼朋は思わず下肢を覗いた。高晴の頭が深く浅く上下を繰り返し、頼朋の腰もいっそう震えが大きくなる。がくがくと尻を揺らし、もっと奥まで……と腰を突き出した。

「いく……高晴っ、もう、出るっ」

ふいに、高晴の口からペニスが勢いよくぷるんと飛び出し、今まで咥えられていた陰茎が赤く色づいていやらしい——と思った瞬間。

「あ——っ……」

高晴の顔にぴしゃりと白濁をしぶかせていた。

「……えっ、あ……」

自分でも驚いた。顔にかけるつもりなんてなかったのに、急にそのタイミングで放すからだ。

「ご、ごめっ……」

頼朋は慌てて起き上がった。高晴は頬や顎を濡らす頼朋の精液を拊うと、とろんとした目で指先を見ている。それを恍惚の表情でぺろりと舐めた。小鼻の脇のものも、口の周りを汚したものも、そうやってすべて清めていく。

頼朋はその様子を胸を大きく上下させながらただ凝視していた。普通に考えれば気持ち悪いはずなのに、高晴がそうしたがるのは当然だと感じたし、溢れた体液のすべてを高晴に嚥下されてむしろ興奮する。

「……もっと、頼朋さんの精液、飲みたい」

「そんなこと言われたって、すぐには出ねーよ」

頼朋がうわずった声で返すと、高晴がついに例の紙袋からボトルを出した。

「うしろ、弄っていいですか。指を二本ほど挿れて前立腺を……」

「怖いからいちいち具体的に説明すんな」

なんとなく、どういうことを望まれているのかは分かる。最終的には高晴自身をそこに挿れられて、自分たちがセックスするんだろうなということも。

高晴に促されるまま枕を抱きかかえ、猫が伸びをするみたいに腰だけ突き上げるという、いかにも淫《みだ》らな姿勢を取らされた。女のようだとか、ケツ丸出しだとか、余計なことに気を取られかけたとき、想定外なことが起こった。

ローションを使って指を挿れられると思い込んでいたところを襲ったのは、濡れた柔らかい感触だ。情けなく呻いて、腰に添えられた高晴の手をがしっと摑む。すると逆にそこに固定されてしまった。

「や……高晴っ！」

男が相手の性知識など皆無の頼朋は、そんなところを舐められるなんて予想だにしなかったのだ。頭が真っ白になり、拳を握る。

「殴らないでくださいよ」

「……分かってるよっ……つか、そこで喋んなって……あっ、や……」

指先が入ったかと思うと、その隙間に舌先をねじ込んできた。ぞわわ……と背筋が震え、余裕のない速い呼吸を繰り返す。

最初は羞恥しかなかったのに、高晴が襞《ひだ》を擽り、内側に潜ると頼朋の声色が甘く変化した。

「ふ……ん、……んっ、はぁ、あ……」

指と舌が、にゅるにゅると出入りする。頼朋はいつの間にか、両手で枕を抱きしめていた。こうして享受してしまえば、寸前まであった理性は快楽に呑まれてしまい、驚きで緊張していた脳がとろとろに蕩かされる。

やがて後孔にローションをたっぷりと含まされ、栓をするように指を突き挿れられた。

「……こんな犬猫みたいな格好で、うしろから突っ込みたいとか、妄想してたのか」

二本に増やされた高晴の指がふいに、内壁に沿ってぐるんと回転する。ぞくぞくきて、ぐっと奥歯を噛んだ。

「テーブルの上……風呂場《ふろば》とか、いかにも童貞が考えそうなこと……」

「……してもいいですか」

「今日全部しなくてもいいだろ。しかしそこだけ案外まともな妄想なんだな」

「言うのは憚《はばか》られることも、妄想してます」

頼朋は枕に縋った状態で、肩を揺らして笑った。その笑い声が途中で小さな悲鳴に変わる。

高晴の指が今、未知の感覚を呼び起こした。じわっと下肢に広がったのはたしかに快感だったけれど、既知のものとは全然違う。

「あ……い、今の……」

それが前立腺だと初めて悟った。

頼朋の反応を見て高晴が同じ場所を指でゆるゆると撫でると、快楽の波紋が徐々に大きくなっていく。腰を高く上げたまま、内腿《うちもも》がぶるりとわなないた。

「たか、高晴……なんか、そこ……ヤバい……！」

胡桃《くるみ》状《じょう》のものを高晴が穿《うが》つたびに、何かが湧き上がってくる。そこをずっと弄られれば、もっと強い快感を得られそうだということは本能で分かった。

「あ……あっ、あ……あぁ……」

そんなつもりはないのに、腰をかくかくと揺らしてしまう。中を抉《えぐ》られながら、ペニスを狭いところに擦りつけたい衝動だった。

ベッドについた両腕の間から自らの下肢を覗くと、透明の蜜がシーツに滴《したた》り落ちそうになっている。そこに高晴が、側腹《そばはら》から顔を突っ込んできた。

「高晴っ」

反り返るものに手を添えてとろりと垂れた蜜を舌先で掬い、ちゅるん、と先端を吸われる。完全に勃起している雁首はひどく敏感で、高晴にそこをぐるりと嬲《なぶ》られるだけで脚が震え、堪らず腰が抜けた。

促されてベッドに横わると、高晴は横臥《おうが》した頼朋の後孔をなおもくじり、滲み出る蜜を舐めている。

「あ……あっ……あ、ん……んっ」

指に胡桃を刺激されるたび先端が濡れた。それをまた高晴が啜る。頼朋は高晴の頭を摑み、温かい口中にペニスをすべて押し込んだ。

それまでの優しさを感じる愛撫が一転して、中のローションを泡立たせるほど、高晴の指が内壁を激しく掻き立てた。緩やかな曲線で上向いていた快感が一気に跳ね上がる。

「ひぅっ、あ……!」

全身がこわばり、よりいっそう高晴の指の節や形までを後孔で感じ取った。ぐっと胡桃

を捏ねられてスパークする。

「高晴っ……あぁっ……全部、飲んで……！」

身体を丸めて高晴の頭を抱え、上顎に先端をすりつけて射精した。

乱れた呼吸を整えながら、まだそこに顔を埋めている高晴の髪を梳く。次第に柔らかくなっていくものを口内で飴玉を転がすようにして、残滓《ざんし》まで綺麗にしゃぶられた。

「……気持ちよかったですか？」

下から見上げてくる高晴を撫で愛しんで、頼朋は素直に頷いた。

経験したことのない種類の快感に高ぶりっぱなしだ。

「……俺も、口でしよっか？」

高晴がかぶりを振るので、なんでと問うと、そんなことさせられないと返ってきた。

「大事に想ってくれてるって分かるけど、変な特別扱いされっと逆に寂しい。それに、濡らしたほうが挿れやすいし、俺もお前も気持ちいいよ」

ふたりでよくなるためとの説得に納得したらしい。上下入れ替わり、高晴の膝裏を持ち上げて開かせる。その脚がけっこう重くて、あぁやっぱりこいつは男なんだと今更なことがよぎった。

高晴の熱い肉の塊を口いっぱいに頬張り、滲む蜜の味を初めて知る。こんなことを当然のようにできてしまうことが不思議だ。我に返るとか醒《さ》めたりじゃなく、自分が望んで選んだ答えを、こうしてひとつずつ確認していく。

「頼朋さんっ、もう……我慢できない、挿れます」

突然引き剝がされて、あっという間に押し倒された。シーツの上を仰向けでずるりと引き摺られ、座っている高晴の下肢と合わさる位置でとまると、すかさず入り口に高晴の尖《せん》端《たん》が押し当てられる。

「いきなりっ……」

抗う間もなく切っ先がずぷん、と入り込んだ。高晴の想いを受け入れようと、頼朋も力を緩め、懸命に深呼吸を繰り返す。

「――いっ、あっ……!」

ぬるりと、高晴が進入してくる。いくら指で慣らしたとはいえ、それとは比べものにならない塊だ。隘《あい》路《ろ》を分け入り、浅いところまでしか進めない。

「あー、あ、あぁっ……無理っ、あ、高、はるっ……!」

「頼朋さん、お願い、これ以上挿れないからっ……」

ぎゅっと抱きしめられ、頼朋も高晴の背に両腕を巻きつけた。

「おま……俺だって男とこんな……初めてなんだぞ。もちょっと気遣えって」

「ごめんなさい……あ、ゴム……」

「あ、あああ、あ、今抜かなっ…………いいから……」

逃がすまいと、両脚も高晴に纏いつかせる。

「せっかく繋がってんのに……離れんな、ばか」

「より……頼朋さん……」

高晴が切なげに名前を呼ぶのでなんだか堪らなくなり、高晴の首筋を引き寄せて頼朋はキスをねだった。舌を絡ませて見つめ合い、また唇を合わせる。

甘える子供みたいに全身でしがみついて、いやらしくて恥ずかしいお願いをした。

「途中で抜くなよ。俺ん中に全部出せよな。お前の想いとか一滴も取り零したくない」

「……頼朋さん……」

高晴の眸がうるりと潤んでいる。「ほんとに？」と問われ、「いいよ」と答えた。

唇を吸われたまま高晴が腰を軽く揺すったのを合図に、ゆっくりと動き始めた。

最初はごく浅い位置ばかりをほぐし、それに慣れたら少し前進する。本当は欲望に任せて振りたくりたいだろうに、頼朋のため、と懸命に自分を律する高晴の姿には感動すらした。

「どこか痛くないですか？」

「痛くないけど、圧迫感が凄い……。ほんとに、俺の中に入ってんだな……」

下腹を押さえて呟くと、高晴が熱のこもった息を震えながら漏らした。高晴の我慢も、もう限界に違いない。

「動けよ」

頷く高晴に脚を抱えられ、頼朋は首を擡げて繋がったところを覗いた。

後孔にたっぷり含まされていたローションを混ぜるように、高晴が大きく深く動きだす。

「はあ……あ……あぁっ……あ、……あっ……」

さんざん慣らされたおかげで、馴染むのは早かった。痛みはまったく感じず、あるのは隙間なく埋められる苦しさだけ。内壁いっぱいまで充満した感覚の中に愉悦が芽吹き、あとはそれが加速度的に増殖していく。

一定のリズムでゆっくりと奥まで掻き回されたかと思うと、手前にある前立腺を雁首で擦られ、頼朋は突然きた強烈な快感に首を仰け反らせた。

「――っ！」

退かれるときの摩擦がひどく気持ちいい。さっき見た、高晴のペニスを思い浮かべる。しっかりと張ったあのくびれで胡桃を引っかかれているのだと想像できて、頼朋はいっそう興奮した。

「んーっ……う、……あっ、ふ……」

足首を持ち上げられて、つま先からかかと、膝やくるぶし、脹脛を優しい獣が舐めたり噛んだりする。しかし痛い瞬間も、頼朋の唇から零れるのは喜悦の声。手指も肘も腋《わき》も、繋がったまま届くところすべてを高晴に食べられた。後孔を逞《たくま》しいもので攪拌されながらそれをされると、中の高晴をぎゅっと締めつけてしまう。

揺すられて喘ぎ、自分を翻弄する高晴を見たくて頼朋は必死に瞼を開いた。

いやらしい淫音が響く中、懸命に腰を振る高晴が堪らなく可愛く思える。愛しさが膨張し、胸がいっぱいになった。

リズムを保ち、同じ箇所に当たるようにひたすらピストンされる。一種のトランス状態に持っていかれて、頭がぼんやりと霞み、考えるより先に譫言を口走っていた。

「たか、高晴っ……ん、んっ、……いぃ……いい」

「頼朋さん……僕も……」

「あっ、ん……ん、いい……すごい、気持ちいっ……あぁ、今のもっと……」

「頼朋さんの中……熱いっ……」

胡桃を擦られるたびに悦楽の波がしぶき、高く押し寄せてくるようだ。最初はわずかな疼きだったものが濃厚な快感となり、全身に広がっていく。

少しも離れたくなくて両脚で高晴の胴を挟み込んだ。高晴の腰遣いがだんだん激しくなってくる。高晴の硬茎に内襞をきつく擦られ、ひときわ高い嬌声《きょうせい》を上げた。

「あぁっ、高晴っ」

強い突き上げでがくがくと振りたくられ、脳が痺れて意識が飛びそうになる。目を開けたら涙の膜で視界がぼやけて定まらず、またぎゅっと瞼を閉じた。

とろみのある水音に重なって、耳元に高晴の荒々しい息遣いが聞こえ、頼朋もますます高ぶっていく。高晴の大きな手のひらで手淫までされると、ほとんど泣き喘いでいた。

「や……やあっ……あ、あぁぁ……いいっ、それ、くるっ……」

「僕、もう、頼朋さん……！」

「い、く……いくっ……高晴、あっ、いいっ……、いくっ……！」

覆い被さってくる高晴に全身でしがみつくと、腰を押しつけて最奥《さいおう》に欲望を注がれた。

ぐっ、ぐっ、と突き込まれるたびに射精されて、頼朋は深い悦《よろこ》びに耽溺《たんでき》する。

最後は声を出せずに、下敷きになっていたところで頼朋も白濁を迸らせた。

ひしと抱きしめ合い、固まったように離れられない。

これまでに感じたことのない凄烈な快感だった。

恍惚の境地で茫然として、首筋に顔を埋めている高晴の髪をゆるゆると撫でる。

そのとき頬に濡れた感触があり、そっと高晴を窺った。

「……泣いてんの？」

高晴はズッと洟《はな》を啜りつつ、見られまいとますますそこに頬をすりつけてくる。

「僕……僕は……あなたが好きです」

「……うん、知ってるよ」

「好きです……好き……頼朋さん。こんなことして……もう、好きだけじゃ足りない。どうしよう」

「充分伝わってる」

「頼朋さんが、こんなこと許してくれるなんて」

「許すとか許さないとかじゃないって」

「好き……頼朋さん、好きです。……離れたくない」

頼朋は微笑みながら、高晴の頬の涙を舌でぺろりと拭った。

「そんな好き好き言ってるけどさ……明日の朝になったら俺が見るも無惨《むざん》なデブかハゲになっちゃうかもしんないじゃん。こんなの頼朋さんじゃないって言われそうで、あんまり偏愛的だと将来が怖いんだけど」

「……太ったら痩せる努力を一緒にします。ハゲたら……何かいいもの見つけてきます」

「曖昧なプランに一抹の不安が残るな」

「くだらない質問で僕の愛を試さないでください。あなたが宇宙人だったとしても、それで宇宙に帰らなければならなくなったとしても、僕はどこまでだって追いかけますから」

「地球人のお前は、宇宙じゃ生きてけないよ」

「死ぬかもしれないことより、あなたに会えないことのほうが不幸です。だから、宇宙にだって会いに行きます。僕が息をしているのは、頼朋さんの傍にいるためです」

高晴が紡《つむ》ぐおとぎ話なら、本当だと信じられる。永遠だと言うなら、そこに嘘やまやかしはない。

繋がって抱き合い、互いのばかばかしくも甘ったるい睦言《むつごと》に、くすくすと笑い合った。他愛もない会話の中に見つける幸せが、じわりと嬉しい。

高晴は頼朋の眦に残った涙や、額の汗を舐めながら、後孔に埋めっぱなしのペニスをぐっと硬くしている。

頼朋が身じろぎ、不用意に中が擦れ合った。びくっと腰が震える。

「あ……抜くなよ……。入ってるだけでも、気持ちいい……」

「頼朋さん……そんな、無理です。動いていいですか……」

はぁっ……と切なげに声を絞る高晴の下で、頼朋も熱が込み上げてくる。奥深くに嵌められていたものをぎりぎりまで引き抜かれ、内腿にざぁっと鳥肌を立てた。すかさず扇情的に煽《あお》り立てられ、頼朋は湧き出る喜悦に相貌を蕩けさせる。

ずっとこうして繋がっていられるなら、このままでもいいなんて思った。

ひとりぼっちに慣れていた自分には、もう戻れない。

――傍にいられる幸せを知ってしまったから……高晴の言葉の意味を、頼朋も身体中で感じていた。

今日が定休日じゃなかったら、大変なことになっていた。

夜が明けて、部屋もうっすら明るくなっている。頼朋《よりとも》は一晩中つけっぱなしだったベッドサイドランプを消灯し、くったりと枕に頬を埋める高晴《たかはる》を覗いた。

高晴がスマホを握りしめた状態で気を失ったように眠ったのは、明け方になってから。初めて見る高晴の寝顔に頼朋は相好《そうごう》を崩した。変態でストーカーだけど可愛い男に、どうしようもなく愛しさが込み上げる。

さんざんイかされたあと、頼朋は一度寝落ちしてしまい、不審な振動に目覚めたら、チャンス到来とばかりに、高晴が頼朋の大撮影会を開催していた。

全裸で頼朋を激写している姿に爆笑したが、それも束《つか》の間《ま》、高晴の『記録したがり』が暴走し、いわゆる行為の最中のあれやこれやをスマホで撮られまくった。

やめろと言ったところで聞く耳がもげている高晴だ。

「ハメ撮りって……なんつーか、若気の至りだよな……童貞め」

世界唯一の頼朋研究家・高晴の『頼朋さんの情報収集』という悪癖はもはや趣味、生き甲斐《がい》、いや、たぶんライフワークだ。それに、気持ちいいのが勝って頼朋自身、もういいや、となってしまったのも否定しない。

「撮らなくたって、本物見りゃいいのにさ」

高晴の頬に優しくキスを落とす。本当は、このまま一緒に眠りたい。せっかくの休日を、高晴と怠惰《たいだ》に過ごしてもいいかなと思った。

しかし頼朋はある決意を持って、そっとベッドを抜け出した。


「……頼朋、本当にそれでいいのか？」

頼朋は『WT不動産』を訪ね、我妻《わがつま》と向き合っていた。

我妻は大きく目を見開き、頼朋にもう一度「本気なのか」と訊《たず》ねてきた。

「それってどっちの質問？　高晴も、権利証のことも、俺は本気だ」

「……権利証いらないって……『チェリーレッド』を失うってことだぞ」

――ホテルで一日、俺と一緒に過ごしてくれたら返済を待つし、権利証は返す……我妻から出されていた条件は呑めないと、頼朋はきっぱり、我妻に言明したのだ。

「……そんなに、俺のこと嫌いかよ」

「そうじゃないよ我妻。俺は高晴が、他の何より大切なんだ。『チェリーレッド』は、思い出がたくさん詰まった俺の大事な店だよ。でも、それを守るために高晴を裏切るようなまねはしたくない」

「俺とただ会うことすら、裏切りになるのか」

自分のすべてを拒絶し、切り捨てられたと我妻は感じたのだろう。

「ホテルで我妻と一緒に過ごしてそこで何もなかったとしても、俺の帰りを待つ身の高晴からすれば、その時間はきっと地獄だからな。それがたとえ二十四時間でも、俺は高晴を悲しませたくない。俺のために、自分の大切なものを手放すことすら覚悟した高晴に、俺も、俺の全部で応えたいんだ」

「何もかも、あの男のため……」

頼朋は静かに頷いた。これまで我妻に対して、当たり障りのない対応をしてきた頼朋だ。どれだけ高晴への想いが真剣なのか、いやというほどに伝わる言葉だった。

「『チェリーレッド』の思い出は、ちゃんと俺の胸にある。だからいいんだ」

また一からやり直そう——そう決意したら、胸懐がすっと晴れたのだ。本当に大切なもののひとつ、この手に残れば、あとはなんだって、どんなことだって頑張れる。

「自分の気持ち認めるのに悪あがきしたせいで、我妻を傷つけてたよな。いろいろ……これまでもずっと、本当に、ごめん」

「頼朋……！」

我妻の悲痛の声を最後に、頼朋は応接室を出た。

「どこ行ってたんですか頼朋さん！　起きたらいなくて……捜しました！」

帰宅した途端、玄関先で飛びつく勢いの高晴を「ちょっと家出」といなすと、高晴は慌てた様子で即座に謝ってきた。

「ハメ撮りはもうしません。許してください。でも……保存したデータは消しません」

「反省の色が限りなくうっすい謝罪だな。……そうじゃなくて、我妻に会ってきたんだ」

「……あ、あんな卑劣な約束のために⁉　どうしてっ……！」

すたすたと玄関からリビングに移動する頼朋を、高晴が困惑顔で追ってくる。

「断ってきたんだよ。我妻が出したあの条件は呑めないって。きっぱり、拒否ってきた」

「え……じゃ、『チェリーレッド』は……？」

「くれてやった」

「そんな……！　お金は僕が即日用意できるって言ったじゃないですか！　二号店だって諦めないでって僕があれほど……」

頼朋が高晴に向き直りじっと見上げると、高晴は頼朋のすべてを守りたいという想いが伝わらない歯痒《はがゆ》さに、喘ぐように息をついた。『チェリーレッド』や二号店に対する思い入れ、頼朋の気持ちを理解している高晴は、それを失う意味とその重大さを痛いほど感じるのだろう。

「金返したところで、あのエロくさい条件呑まなきゃ権利証は戻ってこないんだ。いいんだよ。俺にとって、お前以上に大事なものはないんだから」

「頼朋さん……！」

頼朋から愛をきっぱりと示された高晴は、愕然と瞠目し、唇をわずかに震わせている。

頼朋は何にも代えがたく大切な恋人の手を取り、強く握りしめた。

「俺はお前との関係を金で台なしにしたくない。今この状況でお前に金を借りたら俺の想いが金と引き換えみたいだろ。俺もお前に引け目を感じたくないしな。傍にいること、寝たことも――余分なものでその意味を濁らせたくない。それより、たまに弱ってるとき、なんか疲れたなーまいったなーってときに、ときどきでいいから肩とか胸とか貸してくれよ。そういうふうになら、頼りたいって思う」

「……頼朋さん……！」

高晴が切なげに名を呼んで、微笑む頼朋をひしと掻き抱いた。

「あなたの決断を喜んじゃいけないのに……。ごめんなさい、僕は今、……死ぬほど嬉しい……」

「二号店だって、完全に捨てたわけじゃない。時間かかっても諦めなければ、チャンスは巡ってくるよ」

ぎゅうっと抱きしめられ、頼朋は腕の中で安堵して目を閉じた。高晴のその腕の強さが心地いい。

高晴が傍にいてくれたら頑張れる、大丈夫だと思う。こんなにも全身で好きだと言ってくれる高晴の前で、へこんで萎《しお》れた姿など見せて、がっかりさせたくない。

頼朋も、高晴の背に回したその手に力を込めた。

「我妻さんに……触れられませんでしたか」

「話しただけ。指一本、触れさせせないよ。俺が触らせせんの、高晴だけだ」

「頼朋さん……」

高晴に搦め捕られ、唇を吸われる。高晴の手のひらが背筋や腰を這い、その熱い抱擁の中で身軀《しんく》がぞくりと疼いた。そして同時に、身体の芯に燻《くすぶ》っていた火種が赤く灯《とも》る。昨夜覚えたばかりの深い快楽に、どっぷりと溺れたのは高晴だけじゃない。

「高晴……今日は駄目な大人になろうぜ」

頼朋は高晴の耳元にそう囁き、のぼせたようにとろんとしたまなざしの高晴の手を引いた。

高く昇った太陽を無視してカーテンは閉めたまま、まだうっすらと温もりが残ったベッドにふたりで潜り込む。繋がって、互いが馴染むのに時間はかからなかった。

昨晩の高晴は初めての行為に必死かつ野獣みたいだったくせに、今はどことなく余裕があるように感じる。

高晴の肩に引っかけられた両脚が揺れる。

緩やかなストロークのあと、腰を摑んでいちばん深い位置まで挿入され、奥壁をトントンと押す短いピストンが続いた。優しい突き方で身体の芯まで届く微振動が、新たな強い快感に変わっていく。

「はぁっ……はぁ……っ、んっ……あ……」

高晴の膝裏に指をかけて手繰り、頼朋も腰をすりつけた。

それから高晴の膝の上で対面になり、奥深くまで受け入れた。下腹がびくびくと波打ち、高晴をぐっと締めつけてしまう。

腕は高晴の首筋に巻きつけ、胴部を両脚で挟み、互いをいっぱいまで引き寄せた。ぴたりとパズルのピースが嵌まるような安堵感だ。

「あ……すご……い、あたってる……」

腹の底を突かれて、じぃん、と腰の辺りが痺れている。動かなくても、いいところに当たりっぱなしというだけで極まってしまいそうだ。

「頼朋さん、好き……好きです」

「うん……、んっ……！」

「頼朋さん……好き」

高晴から覗き込まれ、頼朋は呼気を震わせながらおぼろげに見下ろした。

「……好き……です。頼朋さん……好きです……好き……」

どうやら高晴は、他の言葉を忘れてしまったみたいだ。

頼朋は眉を寄せて、ふふ……と笑った。十二年前のあの日から、高晴はちっとも変わっ

ていない。好きという想いだけ抱えて必死になって追いかけてくる高晴が愛おしくて、いつまでもそうしてくれたらいいのにと思った。

「なんで笑うんですか？」

「だって……好き好き好きってさ」

「頼朋さんを見てると、目が合うと、いくらでも溢れてきて言いたくなるんです。僕の身体の中に収まりきれない分の『好き』が、どうしようもなく出ちゃうんです」

「……可愛いこと言うなぁ、お前……んっ」

そんなつもりではなかったかもしれないけれど、高晴が軽く身じろぐだけで頼朋の腹筋がひくひくと波打つ。再開した律動にやがて身軀がきつく突っ張った。

「あ、あ、やっ、高晴っ」

「好き……好き、頼朋さん……！」

「あぁっ、ん……んっ……い、いかせて、いかせてっ……！」

昇り詰めようとする頼朋を高晴が掻き抱き、激しく突き上げてくる。

「好き……好きです……！」

「あっ……あっ、たかっ高晴……あぁっ……いく、……いくっ……！」

「僕もっ……！」

高晴の肩に顔を埋め、寄りかかった全身を執拗《しつよう》に攻め立てられた。

「ひぁ、んぅ……ん……」

鈴口《すずぐち》を軽く弄られながら白濁がしぶく。それが、腰が抜けるほど気持ちいい。追随して、射精とは別の強烈な快感が頼朋を襲った。

瞬間的に記憶が飛ぶ。ベッドに横たえられたことに気付かなかった。上下左右が判断できなくなるくらいの絶頂のさなか、高晴も内襞の蠕動《ぜんどう》に逆らえず、頼朋の奥深くに熱いものを弾けさせていた。

身の外側も内側も、高晴から溢れ出た『好き』でいっぱいに満たされている――そう思うと、絶頂は過ぎたのに胸が激しく上下し、喘ぎ、感情も身体も高ぶって眦がじわりと濡れた。

「頼朋さん、好きです。愛してます」

自分がなぜ眸を潤ませているのか分からない。快楽が強すぎるからかもしれないし、際限なく注がれる愛に、直接感情を揺さ振られたのかもしれない。

濃厚すぎる快楽にふたりでとぷんと沈む。ふわふわ、ゆらゆら。生クリームのベッドにいるような、甘ったるい幸せに全身が蕩けていた。

「こいつ……一回寝ると、ちょっとやそっとじゃ起きないな……意外」

もっと神経質な男かと思っていたが、どうやら高晴は雷が鳴っても起きない爆睡タイプのようだ。これでは泥棒に入られても気付かないだろう。だから番犬のヨリトモが必要だったのかもしれない。

途中で高晴がヨリトモにエサを与え、散歩にも行ったみたいだけれど、主人が二日連続で留守だと、ヨリトモも寂しいんじゃないだろうか。

「でもな、もう少しだけ俺が独り占め……うわ、何それ、ハズイッ」

自分の恥ずかしい発言に堪らず身悶えする。ベッドがぐらぐら揺れたせいで、高晴が「ん……」と身じろいだ。息を詰めて見守っていると、再び規則的な呼吸音に戻る。

普段は背景にバラの花が咲いてるみたいな、きりりとしたキメ顔なのに、寝顔はなんだか無防備で可愛い。エッチのときは必死で、切羽詰まってて、快楽に蕩けてて、文句なしにイイ男だ。最中に好き好き言いすぎだけど、溢れ出るから仕方ないなんてさらっと言ってしまうあたりは、じつは男らしいといえるかも。

「……いっぱい好きって言ってくれるのに、俺のはいらないのか？」

そんなはずはない。愛する者への想いを伝えるより、想いを貰うほうがどれだけ幸せか。たっぷり満たされるまで受け取ったから、分かるのだ。

「……あ、そうだ」

自分の想いを伝えるとっておきの方法を思いつき、頼朋はにやりと口角を上げる。

高晴の寝顔を覗き込んで、頼朋は表情を柔らかに緩ませた。

『チェリーレッド』の鍵を開け、中に入る。

甘い焼き菓子の匂いとコーヒーのアロマに包まれた店。

「じいちゃん……ごめんな。この店は守れなかった……」

大切なもの、ひとつ。

そのたったひとつすら、一生をかけて守り通すことは案外難しい。

一度にたくさん持つことができればそりゃあカッコイイけれど。欲張って持って、なくしちゃいけないものを落としてしまうわけにいかない。

店も大事だったけれど、かけがえのないものを見つけてしまったから。

頼朋は店の外に出て、ブランコの木製の支柱を切ない心情で撫でた。

座板の上に置いた小さな鉢植えのバーベナとゼラニウムが、そよそよと風に靡いている。

小さく揺れる薄桃色の花弁に、指先でそっと触れた。

「俺、自分で思ってたより才量なしだったみたいだ。まだまだだね」

呟いて目を細める。失ったものを思って胸は痛んでも、自分の気持ちにかげりはない。

だって、何にも代えがたく大切なものを、守っていくと決めたのだ。

自分の息子が庇護《ひご》しきれなかった家族を、その代わりとして温かく包んでくれた祖父は、

「それでいいさ」と笑ってくれる気がした。

ふいに「頼朋」と呼ばれて振り向くと、そこに立っていたのは、たったひとつを守ろうとしなかった放浪癖の父親だった。

「……何しに来た」

咄嗟に、植木鉢を両手で持った。投げつけるためではなく、渦巻く怒りを静めるためだ。

「これを……返しに」

怪訝な顔を向けると、父親が差し出しているのは『チェリーレッド』の権利証だった。

「我妻さんが……これを、……千円で売ってやるって」

「……千円⁉」

「千円で、買い戻してきた」

「――買い戻したって……」

驚愕のあまり二の句が継げず、頼朋は何度も口をぱくぱくとさせた。

権利証を返還するばかりか、父親が受け取った金を千円でご破算にするとは。

「我妻……」

思いも寄らないけじめのつけ方に茫然とし、手元の権利証を見つめる。

我妻はあのとき、会社を手放すなんてできないと言った。

だけど、頼朋に寄せていた想いも、本物だった、本気だった。我妻の気持ちを本当には理解していなかったのだと、権利証を手にして思い知る。

これまで軽く流していた罪滅ぼしにもならないが、この借りは少しずつでも返していこうと、頼朋は固く誓った。このまま我妻の優しさに甘えることはできない。

そんな思いをあえて頼朋は父親の前では口に出さなかった。その土色の顔を見れば、病気の話が嘘ではなかったことが分かる。

「頼朋……俺は店の権利証と実印をお前の部屋から盗んで……」

「もう、ここには来んなよ」

「……すまなかった……ほんとに……」

「昨日、寺の納骨壇に行ったんだ。『命日が近いから来た』なんて言って、どうせあんたは行くわけがないって踏んでた。あんたのこと文句ひとつ零したことない母さんに、グチグチ悪口言ってやろうと思ったのにさ……」

父親はちゃんと来ていたのだ。納骨壇に置かれた母の好きなノースポールの小さな花束で気付いた。祖父と母の前で盗んだことを詫《わ》びたのなら、もうそれでいいと気持ちを整理したのだ。

守りたい大切なもの、たったひとつ――この放浪癖の男もとうとう、頼朋が知らないところでそれを見つけたのかもしれない。

「それでも……俺は許せないから。ここには来んな」

権利証と実印を置き、静かに小さく頷いて踵を返した父親を「おい」と呼びとめ、頼朋は自分が巻いていたストールを父親の痩せた首に引っかけた。

「けっこう寒いのにそんな薄着してんなよ。あんたの大事な子供のために、一日でも長く生きろ」

心の中でさよならを言って、頼朋は父親を見送ることなく店に入った。

戻ってきた権利証をあらためて見下ろすと、じわりと胸が熱くなった。これで店は今までと変わらずこの場所にあり続ける。思い出を守っていける。

「ごめん……我妻……ありがとう」

我妻の計らいに心底感謝しながら、頼朋は返ってきた権利証に顔を埋めた。

浸っていたところに、けたたましくドアベルが鳴った。

「頼朋さん‼」

いつもはきちんと身なりを整えて頼朋の前に現れる高晴が、髪に寝癖をつけたままだ。

しかもその顔には、今朝、頼朋がしたいたずらがしっかりと残っている。

「え……お前……その顔でここまで来たのっ？」

「ああああ当たり前じゃないですかっ……こ、こ、こんなっ、こんなの、もったいなくて消せない……！」

涙目の高晴の右頬に「す」、左頬に「き」。ブラウンのペンシルアイシャドーで、爆睡していた高晴の頬に頼朋がでかでかと書いたものだ。

噴き出さずにはいられない。頼朋は眦に滲んだ涙を拭いながら、あははと腰を曲げて笑った。

「結婚式とか三茶商店街の飲み会の余興で使ったやつでさ、芯が柔らかくて書きやすいんだよな、そのペンシル」

「そんなことどうでもいいです！　それよりこれっ、これっ、どうしてこんなところに、こんな大事なことを書くんですか！　これじゃあ、これじゃあっ」

「いっぱい『好き』って言ってくれるお前に、俺も自分の気持ちをちゃんと伝えたいなぁって思ったのに、やたら爆睡してたから……。なんだよ、駄目なのかよ」

「う……、駄目じゃないですけど、ですけど、これじゃあどこにも残せません……！　だから紙に、紙に書いてください！」

頼朋に関する日記やリサーチを書きとめている手帳を、急いで出してくる。

「紙ぃ？　お前の得意なスマホで自撮りすればいいじゃん」

「鏡文字になるんですよ!!」

「試したのかよ」

一途で懸命だけど、ものすごく笑えるし、堪らなく愛おしい。

「可愛いな、お前」

「何笑ってるんですか頼朋さん。初めて……あなたが初めてくれた、愛の言葉なのに」

せっかく貰ってもこのあと消すしかないなんて、と高晴は泣きそうになっている。

頼朋は高晴の腰に両腕を回し、ぐっと引き寄せて、まだまだクレームを言いたげな唇を舐めた。ぐふふと笑いながら何度もキスをしていると、高晴がついにおとなしくなる。

高晴もあまのじゃくな頼朋を優しく抱きしめた。

「……でも、凄く嬉しかったです。大好きです……頼朋さん」

「……うん、うん……俺も、好き」

たとえ頼朋が不慮のナントカで宇宙に飛ばされても、追いかけてきてくれる恋人だ。

都合よく美しいだけのファンタジーではなく、永遠に続く愛は本当にあるのだとおしえてくれた。

熱い抱擁で互いの愛を確かめ合う――そんな場面を、店の外から覗かれているとは気付かなかった。

頼朋と高晴を邪魔しないように、ドアの前で「ま、あいつ変態だけどな」と建斗が表情を和ませ、その隣でミッシェルが「メルドッ」と拳を震わせていたのだ。

「メルド？」

「フランス語で『くそったれ』です」

「へぇ……フランス語で言うと悪口に聞こえないし、なんだかおいしそうだね」

　ぶつぶつぼやくミッシェルと建斗ののんきな声が響く中、頼朋はドアの端から気まずい顔を覗かせた。

「……寒いよな、コーヒー淹れようか？」

　そう苦笑した頼朋のうしろに立った高晴を見て、建斗とミッシェルが唖然としている。

「うわ……」

「何そのほっぺた……」

「頼朋さんからの、愛の言葉です」

　高く澄んだ青空の下、笑い声とツッコミと、ドアベルがカランと軽やかに響いた。

おわり

偏愛コスチュームプレイ

変態ストーカー・由利高晴《ゆりたかはる》と佐倉頼朋《さくらよりとも》のバトルは、じつはあのバレンタインデーより前に始まっていた。なおかつ高晴の収集癖は、建斗《けんと》から貰った壊れたシャープペンがきっかけでもない。

いつもは高晴が頼朋の部屋へ行くのだけれど、今日は愛犬のヨリトモを宥めて、頼朋を夕飯に招待した。ヨリトモは、存じ上げておりますよとばかりに、思いのほかすんなり、言うことを聞いてくれたのだ。

「お前さぁ、そういえば、いつから俺のこと好きなの？　なんで好きになったの？」

寝室のベッドで、高晴は頼朋の美尻に鼻をすりつけたりぐりぐりしたり、手で揉みながらもふもふさせていた顔を上げた。が、頬はすり寄せたまま。『頼朋さんの美尻もふもふ』はなかなかやめられない。頼朋のほうは高晴のもふもふに腰を捩って「もう……それ、擽ったいって」と眉を寄せ、高晴の頭を除けようとしている。

「僕が小学六年の夏、出会ってからです」

「えっ、出会いって何……じゃあ俺が中二のときからってことっ？」

「頼朋さん、通学路の途中にある公園のベンチでひとり、たばこを吸おうとしてて。僕はそこでたまたま遊んでました。おそらく頼朋さんはたばこが初めてだったんでしょうね。吸った直後、盛大に噎《む》せて……」

佐倉頼朋の名前は学区や学年が違う高晴でも耳にしたことがあった。告白と、貰ったプレゼントやバレンタインチョコは数知れず、老若男女がうっとりする美少年という噂《うわさ》だ。

その当時の頼朋にはたとえにこりと笑っていても、本当には人を寄せつけない薄い膜を一枚纏ったような雰囲気が漂っていた。父親がいるのに家にいないという不思議な家庭環境だったし、ちょっと斜に構えたいお年頃だったのかもしれない。その未成年者喫煙も、反抗期によくある若気の過《あやま》ちだったのだろう。

頼朋を見かけたことはあったけれど、接近したのはそのときが初めてだった。

「頼朋さんは噎せすぎて、僕の目の前で、げぇぇって吐いたんですよね。で、ひーひー苦しみ、横にあったベンダーでなぜか炭酸の『フォンタ』のピーチフレーバーを買って、飲んで、さらに派手に噎せて……大変でした」

「……それが出会い？　顔に吐瀉物つけて、絵面的にモザイク状態じゃなかったのかよ」

小学生だからいわゆる顔射は知らなくても、それに匹敵する卑猥さを子供ながらに感じた……とはさすがに言えないので、表現には紗幕《しゃまく》をかける。

「端正な顔を悶絶《もんぜつ》に歪め、涙目の頼朋さんは……なんというか壮絶にエロティックで……。雷に打たれたみたいな衝撃の出会いでした」

「……ただの一ミリも共感できないな。それさ、別の衝撃じゃないの？　吊《つ》り橋《ばし》効果の類似品じゃないの？」

「いいえ、僕の心には猛烈クリティカルヒットでした」

頼朋が、変態の思考は理解できん、とおののいている。

「あ、だからピーチ……、桃のチョコレートだったってこと？」

「あんな極限状態にありながら選んだフォンタ・ピーチ……よほど好きなんだろうなと」

「……たしかに俺あの頃、フォンタ・ピーチばっか飲んでたわ」

しかしその衝撃の出会いとなったゲロ吐き事件のことを、頼朋は記憶していないらしい。

「それで俺がここんちで酔って吐いても『運命だ』とかなんとか、妙なこと言ってたのか。やっと分かった」

思い出話に花が咲き、高晴は絶好のチャンス、とばかりに『アレ』をお願いしてみようと行動に移った。学生時代の話から、ごく自然な流れだと思う。

「そうだ頼朋さん、今日は……あの、これ着てもらってもいいですか」

「え？」

ベッドから下り、隣のグッズ部屋から密かに移動させておいたものを掲げる。

「……俺の……高校の制服っ？」

「はい、ぜひ」

「男の制服姿なんて見て何が楽しいんだ」

「制服を着た頼朋さんと……その……エッチを」

「やだよ！　なんだそれ、せ、制服プレイとか、どこのエロおやじだ、ばかっ」

出す。

「ややや、やめろぉっ！　なんで俺の制服着たお前とエッチしなきゃならんのっ」

抵抗する頼朋に、「だったら着てください」とハンガーに掛けたままのブレザーを突き出す。

「僕は高校生の頼朋さんを、ただただ遠くから見ていただけでした。声をかけることも、手で触れることもできないで。だから今こそ、高校の制服を着た頼朋さんに直接この手で触れたいんです……！」

「やだ」

「じゃあしょうがありませんね、代わりに僕が」

ここで「じゃあしょうがありません」も随分おかしな言い回しだが、多少の無理が通れば道理が引っ込むのが頼朋だ。

「やめてくれぇぇ！　もう分かった、分かったよ。着りゃあいいんだろ……」

「あ、あの、ぜひこの白いソックスもお願いします」

「……変態」

しぶしぶといった相貌でハンガーを掴み、真っ裸のところシャツに手を通す頼朋を静かに見つめながら、高晴は内心で『やった！』とガッツポーズをしていた。

頼朋は昔から肝心なところで、ちょっと甘いのだ。

「……じゃあ、僕が着ます」

突然現れた男からチョコを渡されて受け取り、見るからにマズそうな、チョコとは呼べない代物をちゃんと食べてくれたりする。善意や良心を操る言い方、迫り方、イエスと言うほうがマシという条件を提示すると、強固な拒絶も一瞬、軟化するのだ。その隙を突破口に、押して押して押しまくる。

それしか、自分が頼朋を落とす術《すべ》はないと思った。とにかく懸命に、好きだという積年の想いをぶつける。少しだけ緩んだ結び目を絶対に見逃してはならない。

むぐぐと口を歪め、最後は諦めたように頼朋はネクタイを締めた。ベッドに腰掛け、下から小さく睨めつけられて、高晴はどきどきと胸を逸らせる。

「着た、けど」

「写真、撮っていいですか」

「イヤって言っても撮るだろ。……あーあ、この年になって高校の制服着るとは思わなかったぞ。わぁ、もうやだ。こんなの建斗に知られたら爆笑される」

「似合ってますよ、凄く。体形変わってないですもんね。素敵です、頼朋さん」

スマホの中の画像データは九割が頼朋の写真で、残りが仕事に関するものだ。今日もしっかり『頼朋さんフォルダ』に追加された頼朋の制服姿に高晴は顔をほころばせた。

撮影はこれくらいにして。腰掛けていた頼朋をベッドに上げて座らせ、高晴も対面に膝をついた。

頼朋のネクタイのノットに指を引っかけ、少しだけ緩める。ブレザーは着せたまま、シャツのボタンを下から順に外し、タイの辺りは留めておく。全部は脱がさない。

腹筋や胸元がちらりと覗く様が扇情的だ。心の赴くまま、高晴はそこに指先を滑らせた。

「ん……」

ベッドに後ろ手をついて座った頼朋は恥じらうように目を逸らし、顔を伏せている。爪で乳首を引っ掻くと頼朋は唇を引き結び、摘んで揺らすと熱のこもった吐息を漏らした。

ぱさりと睫毛を震わせる頼朋の表情は普段と百八十度違って、そのギャップに心臓を鷲《わし》摑《づか》みにされる。高晴は頼朋の濡れた口唇を舐め、舌を差し入れた。

ズボンのボタンを外してファスナーを下ろす。下着の中に手を突っ込んで揉みしだくと、頼朋がはぁっ、と短く喘いだ。高晴がその背後に回り、右半身だけ背もたれになる。片手で頼朋の肩を抱き、わざと狭い下着の中で扱いた。

にゅちゅ、にゅちゅ、と淫靡な音を響かせて擦り立てる。身体を支えていた手を前に伸ばし、乳首も弄る。乳輪の周りを揉むのがかなり感じるみたいで、高晴の腕の中で頼朋が身を捩った。

「あっ、あっ、んんっ……」

いつもより手の滑りがいい。頼朋自身も自覚があるらしく、ズボンを下げたがっている。

そして、どこかもどかしい手淫が堪らなくなってきたのか、甘える子供みたいに高晴の胸元に顔を寄せてきた。

　よしよしと髪を撫でて宥め、下着ごとズボンを脱がせる。しかしやはり、全部は脱がさない。脚に不自由感を与え、乱れさせるのも一興だ。

「頼朋さん……なんだか凄く、濡れてる……ぬるぬる」

「やっ……」

　べとべとになった手をそのまま後ろに忍ばせた。陰嚢《いんのう》を手のひらで揉みながら後孔に指を潜らせる。きゅんと絡みついてくる襞に煽られて、高晴もそこに自身を突き入れたい衝動が沸騰した。

「ローション使わなくても、指が入っちゃいますよ、ほら……奥まで」

「おま……今日、うるさい」

　念願叶《かな》ったこともあり、たしかに饒舌になっている。すでに埋めた二本の指にもう一本をねじ込むと、甘い悲鳴が上がった。

「や……や、きつい」

「僕のはもっと太いのに」

「なんだその自慢」

　悪態じゃなくてそろそろ喘ぎ声が聴きたい。高晴は頼朋のズボンから右脚だけ抜き、背後から膝裏を掴んで太腿が胸につく位置で固定した。とにかく、制服半脱ぎは譲れない。

高晴に凭《もた》れかかったまま頼朋は顔を背け、再び束ねた指を挿入すると瞼を震わせた。

頼朋のこんな表情も、震える息遣いも、掠れた喘ぎ声も、高晴の全身を滾《たぎ》らせる。一刻も早く繋がりたいけれど、頼朋をまず気持ちよくさせてあげたい。そしてとろとろに蕩かしてから挿入する。すると頼朋が待ち侘《わ》びていたように身体中で受けとめてくれ、高晴は堪らなく幸せな心地になるのだ。

しかし今日は夢にまで見た頼朋の制服姿。少しでも長く、この時間を楽しみたい。だから我慢、もう少し我慢、と胸の内で唱えても、制服半脱ぎでしどけなくむずかる頼朋を間近にして、蟀谷の血管が幾度となく切れそうになる。

白いシャツとネクタイの隙間から覗く乳首が薄く色づき、折り曲げた素足の先に白いスクールソックス。これはどうしてこんなにエロいアイテムなんだろうか——などと感心しながら、あとでこのソックスもしっかりいただこうと思う高晴だった。

「あ……やっ、もう……高晴、挿れて……」

お許しが出た！　と飛びつきたいところだが、最後に乱暴を働いてはこれまでの我慢が無意味になるので、頭の中で、フランス修業時代にお世話になったムッシュの薄い頭髪を思い浮かべてみた。

一発で萎えそうになったが、仰臥《ぎょうが》した頼朋の脚を深く折りたたみ、これから繋がる部分を覗いたら瞬時に痛いくらいに張り詰めた。

圧迫感に短い呼吸を繰り返して、懸命に受け入れようとする頼朋の健気《けなげ》な姿に、胸がきゅんきゅん締めつけられる。

「痛くありませんか？」

「へ……き……、あっ、あっあぁあっ……、っ……、……！」

入り口の浅いところを雁首で擦ると、腰をびくびくと痙攣させ、やがてきつく身体を硬直させた。声も出ないほどひどく感じているのが分かって、それが嬉しい。

乱れた制服姿を上から見下ろしながら、ペニスを奥深くまで埋める。

「や……もっ……なんかお前、今日でかいよ。……んっ、苦しい……」

「苦しい？」

気持ちよくないってことだろうか——童貞を卒業したばかりで、こういうシーンにおける細かいニュアンスなんて分からないし、反応にまだいちいち不安になる。

「い……っぱい、高晴のが奥まで、入って……あっ、んん、ばかっ……おっきくすんなって」

頼朋の「ばか」の使いどころが最近可愛く思えて、罵倒語なのに萌《も》えてしまう。奥壁をつついていた高晴も、頼朋の熱く柔らかな内襞の蠕動に身体を震わせた。

制服と頼朋の汗の匂いを嗅ぎ、煽るように腰を振る。上から掘り込み、奥に嵌めて揺さ振る。ソックスを捲り、くるぶしを舐めると、掻き回していた後孔がきゅうっと高晴に絡みついた。

「頼朋さん……あぁ……凄くいい……気持ちいい……」

吐息で「高晴」と呼ばれ、掴まろうと手を伸ばしてくる頼朋を抱きしめる。

それから、上下入れ替わって頼朋にのってもらったり、うしろから攻めたり。制服着衣の頼朋を全方位からたっぷり味わって楽しんだ。


制服プレイに大満足の高晴は、頼朋の制服の残り香をくんくんしつつ、それをハンガーに掛けた。

どさくさに紛れてソックスを死守し、汗を吸ったはずの白シャツもブレザーも、カウパーがついたズボンも全部永久保存する。本物がいるんだからもういいだろうが、と人は言うかもしれないが、コレクターとしてはそういう問題じゃないのだ。

着衣のままの行為もいいけれど、それを最終的に脱がしながらいたすのも興奮した。ネクタイで手首を軽く縛ったときは、脳がなんか変な汁でいっぱいになったし、頼朋は最初こそ嫌がったものの、手の自由を奪われたせいなのか激しく腰を振って――……その一部始終を思い出すだけでのぼせてしまいそうだ。

喉が渇いたと言ってキッチンへ行ったはずの頼朋を追って、高晴もそちらへ向かった。

「頼朋さん？」

冷凍庫の開いた扉から、冷気がフローリングに向かってもわもわと落ちている。

「頼朋さん、どうしたんです？」

「……氷、取ろうと思って開けたんだけど…………これ、まさか」

頼朋が指さす冷凍庫の真ん中に透明のアクリルケージがあり、その中にジュースの缶がひとつ入っている。

「あぁ、そうです、それ、頼朋さんが飲んだフォンタ・ピーチです」

ふたりが出会ったとき、頼朋がゲーゲー吐いたあとのこと。じっと見ている高晴に気付いた頼朋は決まりの悪さに「誰にも言うなよ」と睨めつけ、たっぷり中身が残ったフォンタ・ピーチをそこに置いて走り去った……というわけだ。

「……というわけです、じゃねーよ。あれを冷凍保存したのかよ」

「はい。そして中身はもちろん僕が」

「は？」

「中のジュースは僕が飲みました。洗わずこうして保管したので、出会った当時の空気がここに詰まってます」

飲み口に頼朋さんの吐瀉物がついたジュースを一気に、とわざわざ言いはしなかったものの、満足ドヤ顔の高晴を前にして頼朋は口を開けたままドン引きしている。

「……変態……」

「はい」

変態と呼ばれて、返事をしてしまう高晴だ。

「……俺……なんか大丈夫かな……。俺まだ高晴のこと、本当にはちゃんと分かってないのかもしんない。…………すげーな、お前」

唖然と高晴を見上げる頼朋に、高晴はにこりと微笑み返した。

「これからも、たくさん知ってください」

どれほどあなただけを愛しているか。

夢中であなたの痕跡を集めて、ただ追いかけてきたこと。

想いを懸命に伝えるしかなくて、それが届いて叶ったとき、どれほどに幸せだったか。

「知るたびに、驚かされるんだろうな」

「……大好きです、頼朋さん」

困ったように破顔した頼朋がやがて、俺のこと好きなんだもんな、と嬉しそうに笑った。

おわり

あとがき

　こんにちは、花丸文庫さんではちょうど一年ぶり、川琴《かわこと》ゆい華《か》です。このたびは『妄愛ショコラホリック』をお手に取ってくださいまして、ありがとうございます。

　紛う方ない変態・高晴《たかはる》と、変態ストーカーに抗戦するもすべて徒労・頼朋《よりとも》のラブバトル、いかがでしたでしょうか。お楽しみいただけましたか？

　今作は担当さんとがっぷりトータル＊時間（退かれそうで明かせない！）にもおよぶブレストを何度も重ねて書いたお話です。

　わたしが目指したかった『明るい執着もの』をベースに「変態はどうですか」と担当さんからのネタ振りがあり、「変態、いい！」と飛びつきました。

　変態について真面目に考察し、ネットでも『変態』と検索。しかしそこで知った世の中の変態さんたちの行動は、参考にできないレベルでわたしの想像を大きく突き抜けておりました。

　そしてわたしは確信しました。高晴は自分のことを、本当には変態だと思っていないと。頼朝から「変態」と呼ばれれば「はい」と返事をしますが、高晴は「過剰に頼朝さんのことが大好きなだけで、本物の変態はこんなものじゃない。僕なんかむしろ普通だ」とすら考えているはずです。

あるテレビ番組で見たのですが、某国で『十二年前に別れた元カレが天井裏に潜んでいた』という事件があったらしいです。怖すぎますよね。驚愕の奇行もさることながら、十二年というキーワードに、どこの高晴かと思いました。

もし同じ番組を頼朝と高晴が見ていたなら。

「……これ、お前だろう？」

「こんな無法者と一緒にしないでください。僕は頼朝さんの許可もなしに、勝手に屋根裏に潜んだりしません。頼朝さんをこっそり覗きたければちゃんと了解を得て屋根裏に登ります」

それは『こっそり』にならないとか、そもそも許可が下りそうにないとかツッコミどころはいろいろありますが。つくづく無敵な男です。他人の評価や、頼朝の気持ちですら、高晴の想いの前ではその効力を発揮しない。もうここまで一途に愛されたら、変態でもストーカーでも、どうでもいいような気がしてきます。高晴の変態粘り勝ち！（担当さん談）です。みなさまにも高晴の濃厚すぎる愛が、なるべく、プラス方向で伝わればいいなと思います。

今回、美麗イラストをつけてくださった北上《きたかみ》れん先生。北上先生とのお仕事、とても楽しみでした。カバーラフを拝見したところですが、逃げ出そうにもガッシリ捕まっている頼朋と、まったく聞く耳を持っていない様子の高晴が最高で、萌え転がりました！　作中、幾度となく繰り返されたふたりのせめぎ合いが、一枚絵に凝縮されていて感動です。本当にありがとうございました。

ずっとお世話になっております担当様。プロデュースしていただくお仕事が楽しくて、ひとつ終わるたびに寂しくなるのが困りものです。デビュー後にいただいたメモリアルアルバムのページを、いつか自著でいっぱいにしたい。そんな夢みたいなことできるのかな、と相変わらず不安だらけですが、明確な目標です。これからもよろしくお願いいたします。

さて最後に、いつものお願いになりますが、この本のご感想などいただけるようでしたら、とても嬉しいです。

またこうしてお目にかかれますように。

愛と感謝の気持ちを込めて

二〇一三年・桃の紅茶がおいしい時季　川琴ゆい華

Hanamaru Bunko

作家・イラストレーターの先生方へのファンレター・感想・ご意見などは
〒101-0063 東京都千代田区神田淡路町2-2-2
白泉社花丸編集部気付でお送り下さい。
編集部へのご意見・ご希望などもお待ちしております。
白泉社のホームページはhttp://www.hakusensha.co.jpです。

白泉社花丸文庫
妄愛ショコラホリック

2013年5月25日 初版発行

著 者 川琴ゆい華 ©Yuika Kawakoto 2013
発行人 藤平 光
発行所 株式会社白泉社
〒101-0063 東京都千代田区神田淡路町2-2-2
電話 03(3526)8070(編集)
03(3526)8010(販売)
03(3526)8020(制作)
印刷・製本 図書印刷株式会社
Printed in Japan HAKUSENSHA ISBN978-4-592-87710-3
定価はカバーに表示してあります。

好評発売中　花丸文庫

★「キスしますよ」年下攻ブライダル業界ラブ!!

あなたを無性に恋している

川琴ゆい華

イラスト＝みずかねりょう
●文庫判

才能、財、名誉、容姿の全てを備えた若きフローリスト・フラワーデコレーターの万葉に「顔が好み」と言われ突然キスされた廻。そのふざけた言い草にキレるが、めくるめく快楽に廻の体は完全降伏…!?

★ペットごっこは倒錯的な愛の始まり♡

恋は賢者の愚行

川琴ゆい華

イラスト＝陸裕千景子
●文庫判

一家離散の末ホームレスになった知明は、元・親の臑齧《すねかじ》り系ダメダメニート。ピンチを救ってくれた歯科技工士・十和に「いっそ俺を飼ってくれたらいいのに」とこぼすと、真面目な彼がまさかの承諾!?

好評発売中　花丸文庫

俺は貧乏神だ！ どうだ、怖いだろう♡

プライスレス・ライフ ～幸せは貧乏神とやってくる～

雨月夜道　イラスト＝テクノサマタ　●文庫判

おんぼろアパートに越してきたボクサーの片瀬は、天井裏に埃まみれの男を発見。自分は貧乏神だと凄む彼を「ビン」と名付け、あれこれ世話をやくうちに、心を開いてきたビンを可愛い奴と思うように…!?

★夜叉・鬼・天狗に貪られる日々がスタート♡

物の怪天国

Chi-CO　イラスト＝エンリ　●文庫判

人間界とあやかしの世界との、時空の狭間にある扉――通称『鍵』の管理人に突然任命された巴。しかもその守護者という、無駄にキラキラした三人――夜叉、鬼、天狗に、護衛代として性交まで要求され…!?

好評発売中　花丸文庫

★今夜だけ…俺を愛してください！

手を繋いで視線を重ねて

椿 めい　イラスト＝神田 猫　●文庫判

温厚な性格に似合わぬ三白眼がコンプレックスのイラストレーター・カナメ。行きつけのカフェで小さな男の子を連れた男・宝生と親しくなる。見た目を気にせず接してくれる彼にカナメは惹かれるが…!?

★新妻になったつもりでお仕えします♡

新妻メイドはじめました

真船るのあ　イラスト＝こうじま奈月　●文庫判

姉の経営するメイド派遣会社のピンチヒッターとして無理矢理セレブ客・祠堂の家に行かされた奈緒斗。トラブルから彼に怪我をさせてしまい、やむなく専属メイドとしてお世話をすることになるが…!?